我们肯定
曾经遇见过

曾敏儿 著

北京联合出版公司
Beijing United Publishing Co.,Ltd.

图书在版编目（CIP）数据

我们肯定曾经遇见过 / 曾敏儿著. -- 北京：北京联合出版公司，2016.8
ISBN 978-7-5502-8426-5

Ⅰ.①我… Ⅱ.①曾… Ⅲ.①随笔－作品集－中国－当代 Ⅳ.①I267.1

中国版本图书馆CIP数据核字(2016)第197786号

我们肯定曾经遇见过

著　　者：曾敏儿
责任编辑：喻　静
封面设计：一舟文化　合作 | QQ: 2790408135
　　　　　　　　　　　联系 | yizhouchuanyi@163.com

北京联合出版公司出版
（北京市西城区德外大街83号楼9层　100088）
北京联合天畅发行公司发行
北京山华苑印刷有限责任公司印刷　新华书店经销
字数180千字　700mm×1000mm　1/16　15.5印张
2016年10月第1版　2016年10月第1次印刷
ISBN 978-7-5502-8426-5
定价：39.80元

未经许可，不得以任何方式复制或抄袭本书部分或全部内容。
版权所有，侵权必究。
本书若有质量问题，请与本公司图书销售中心联系调换。
电话：（010）64243832

·目录·

contents

·自序·

我们曾经在哪里遇见过　01

·故事·

El Aires 当然是最美丽的剧院书店　001
背包旅行时你可以这样赚钱　005
北非花园里玫瑰遇见狐狸　012
一家最销魂的伊朗 Teahouse　021
在花神咖啡馆遇见波伏娃　027
阿拉恰特——爱琴海边的蓝白之爱　031
让绚丽的古奥斯曼缓缓入梦来　037
写在地球表面的情书　043

·行走·

河对岸 生死间　049
等风来：在天空和云朵的身边翻滚　053
怀念邓丽君　061

目录
contents

与三毛无关的马德里伯纳乌　067

帕劳假日：去探访一颗美丽明珠的心　072

粉红清真寺：你的信仰在哪里　079

在伊朗喝酒　085

波斯波利斯：暴雪中一脚踏进2500年前　091

我的旋转舞爱人　096

洗澡HAMAMI　103

最美的秋日在奈良红叶上寂静流淌　110

在不丹我们遇见幸福了吗　116

今生就是这么开始的　126

塔法亚：那里是小王子的故乡　135

·寻北记·

随随便便踏进北极圈　143

为什么是摩尔曼斯克　145

北风之外想起 *Far North*　149

· 目录 ·
contents

啊，去圣湖，萨米人的圣湖　155
北极圈苔原上遇到的驯鹿与彩虹　163
留下一本书，你看到了我们就遇见了　175
呼吸一万次为香奈儿5号带来灵感的空气　181

· 乱扯 ·

不旅行会死吗　188

逛市集　192

66号公路艳遇　197

和老妈的旅行　201

旅行的鞋子　208

适当的矫情是我最大的优点　211

在路上遇见奢华　215

收集《小王子》　219

一本书与一个人的爱　225

你曾经被怎样地赞美　229

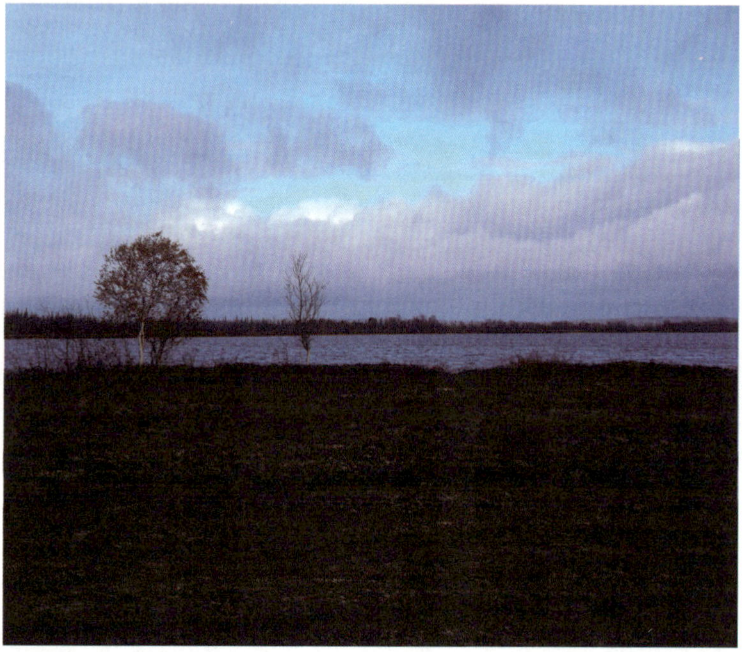

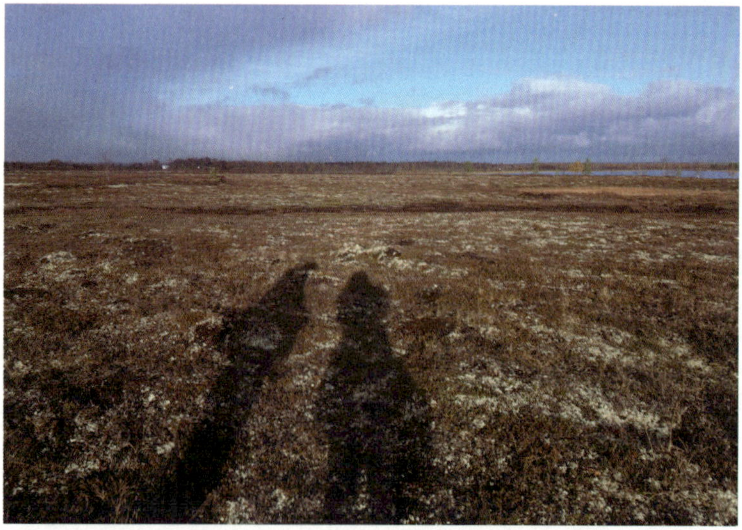

· 自序 ·

我们曾经在哪里遇见过

2014年国庆假期，我仍然因为一念之间的决定去了俄罗斯。又因为在某个论坛上看了一半的帖子，立刻决定要去那遥远的北方——北极圈洛沃泽罗的苔原。

那年7月，我的新书《让我在路上遇见你》出版，于是很自然地想要带着它上路，我想要把这本关于"遇见"的书留在俄罗斯洛沃泽罗的那座极地别墅。那个地方就连俄罗斯人似乎都很少去，我翻遍了两个著名旅行网站的俄罗斯论坛，也只有"田苹果"的那半个帖子提及了。我觉得也许这本书可以留给未来去那里的中国人翻阅，可以让他们坐在炉火边打发掉一部分漫漫长夜。后来，坐在那间有温暖壁炉的小木屋里，我在带去的那本书的扉页上写了一段话：

亲爱的在路上的你：

当你在这里翻开这本书的时候，我们已经以这种特别的方式遇见彼此了。很偶然地知道这里，就不顾一切地来了。也许你也是偶然知道，一念之间也决定来到这里。我们不会俄语，主人不会英语和中文，可是

◀◀ 我们肯定曾经遇见过

这一切都不能减少应该有的美好。

这是我今年的新书，希望遇见它的时候，你可以拍照，然后告诉我。

左边有我的微博：@茶玫

祝你们和我们一样愉快！

让我没有想到的是，不久后的新年假期，我在微博上真的收到了关于"遇见"的回应，一起又一起。大家分享着冬天俄罗斯北极圈的苍茫风光，冰洞打鱼和北极光的快乐，而我在遥远的广州，一次次地感受这样的遇见所带来的感动。

其实，我想说的是，我们可以以任何方式遇见，并且任何方式都是美好的、温暖的、明媚的。

福建的"一叶书"看到我在"田苹果"的帖子下面回复说已经去过洛沃泽罗，他便认真地向我打听了一些攻略。在他去往俄罗斯之前，先去了一趟以色列，而我居然厚颜请他帮我代购了一本以色列版的《小王子》，待他回国，把那本书当作一件礼物送给了我。再后来，他去了俄罗斯，去了北极圈洛沃泽罗，去了极地别墅，并且看到了我的那本书。他跟我说，老板一见到中国人就会拿出这本书来给大家看。而"一叶书"似乎从此就再也没有回国，至今仍在南美各处一个人晃荡。每次问他什么时候花光钱，他都遗憾地告诉我，还没有。

直到最近，我还能在微博上收到类似这样"遇见"的故事。前些天看到一些照片，除了我在一年半前写下的那段话，还看到了一些其他旅行者留下的句子。无一例外，大家都把这样的留言与后来看到的，当作了彼此遇见的一种方式。我不曾想过，起初的一个念头竟然会延伸出如此连绵的故事，如此遇见的美好程度完全不逊于并肩同游。

是的，美好是我最常使用的一个字词。我觉得能够时时心怀美好或对美好有高超的领悟能力，这本身就是一件特别美好的充满阳光的事情。

还有一些因为遇见而引发的故事。比如新疆姑娘钟琳当时是在飞机上看到这本书中的那篇《请假的故事》，因为感同身受而不由得泪奔，才下定决心要去梦想之地——南极。而这些都是她从南极回来之后过了很久，才经由我们共同的朋友老林告诉我的。

这个世界确实值得我们去多看几眼。为此，我们才会一次次地出发，走得越多，我们才会越来越容易快乐。只有在旅行的路上，我们才可能会真正摒弃那些存在心底的自以为是。很多次当我到达某处，会自然地想起我的朋友中谁和谁也曾经来过此地，或在朋友圈里也会有朋友分享他或她曾经在某处的故事。那一刻我便会微微笑起来，在心里对自己小声说一句："看看，我们是这样遇见的。"

特别珍惜的还有那些在路上偶遇的旅人，我们萍水相逢，可能只结伴几天，彼时留下联系方式，从此大家成为天各一方的相知。比如在伊朗波斯波利斯暴雪中认识的北京姑娘EVE，在设拉子茶馆坐在邻座的上海姑娘怡然，在土耳其以弗所废墟认识的成都美女Tina，去摩洛哥时在多哈转机捡到的狐狸……

狐狸本身是一个神奇的存在，我们在"穷游"上各自约伴，我出发前还在网上努力呼叫狐狸却未果，不承想竟在异国机场撞见，然后一起在摩洛哥度过了好多天无比快乐的北非时光。一年后，我们还一起去北欧看极光。此刻，她应该已经在挪威坐过那段美到想哭的欧洲海拔最高的小火车了。而我们也已约定2月15日在特罗姆瑟拥抱。

还有很多很多难以尽述的遇见，可能都发生在我们未曾谋面的时刻。在"行走的茶玫"公众号的后台，有很多陌生的朋友都留言说期待未来的遇见。其实我觉得我们已经遇见了，因为"遇见"这个词，要比真实的相见更具精神内核，也更容易实现。

◀◀ 我们肯定曾经遇见过

    当然我们也一定会有遇见之后的故事，比如 2015 年新年第一天在越南会安寄出的明信片中，有一张寄去了挪威。后来，那位嫁去挪威的江西姑娘张黄新在后台跟我说，她要回国了，想要参加我们的基金支教。没多久她真的成为我们的"德先生"，而我却因为各种原因一直没有和她真正相见。后来，我要去北欧看极光，她打听到了我的行程，就立刻预订了飞往斯瓦尔巴德群岛朗伊尔城的机票；比如 2015 年 9 月我为不丹旅行约伴，15 位来自天南海北的朋友真的相聚在不丹，一起感受着相遇的幸福；比如南非之旅行，不曾谋面的我们，还未出发就先在网络上畅想了好久非洲的"醉南"时光；再比如 2016 年春节，永怡在土耳其，我请她去帮我看一眼伊斯坦布尔的旋转舞爱人，她就真的去了蓝色清真寺旁的那家餐厅，发过来的照片里的那位舞者却已不是我爱的人。不承想她后来去塞尔丘克，却住了我曾经住过的那家美丽旅馆，看到她和那位热情的、表情夸张的旅馆女主人的合影，又叫我怀念了好一阵子。

    我一直说旅行是最私人的事情，就算我们已经是旅伴，但是在某些微妙的时刻，我们仍然不可能知道彼此内心真正的激荡。但是此刻，你正在翻阅的这些文字，都是我在旅行路上遇见的所有最真实的激荡与感动。如果刚刚好能够触碰到你的一点内心，甚至能够令你真正踏出看世界的第一步，那么这样的遇见，我便觉得是天底下最美好的事情。

    最美好的不在于我们是不是真正相见，而是因为曾经的遇见而让我们一直都在路上，让我们可以心照不宣，让我们无论走到哪里，偶尔会暖暖地想着我们曾经这样遇见过。

苔原上的生生不息 ▼▼

・故事・

WO MEN
KEN DING
CENG JING YU JIAN GUO

· 故事 ·

El Aires 当然是最美丽的剧院书店

好像真的越来越不去书店了，朋友推荐什么书，当下第一反应便是去网上买。

是什么让书店越来越凋零？是什么让书店仅仅是书店？我们想要的书店，到底是什么样子？

巴黎人将废弃的车站改建成奥赛美术馆，而阿根廷人则将歌剧院改建成书店。它们都是那样美，一走进去，便无限沉迷在其中。

从"世界的尽头"乌斯怀亚下船，再飞回到布宜诺斯艾利斯，第一件事情就是逛街——我要买夏天的衣裙。而在布宜诺斯艾利斯的那两天半，跟着团队晃啊晃，学了一节探戈舞，看了一场精彩的探戈表演，吃了巨无霸分量的烤肉，去了老虎洲，瞻仰了贝隆夫人的墓地……最后我们终于来到了这家书店。

南美夏天的阳光令人炫目，跟着人群从墓园出来，上车后还没来得及睡着，导游又叫我们下车。我几乎没有去打探任何行程，只是跟着大家，然后来到了 El Aires 书店。

走进 El Aires，第一眼便觉得惊艳。我竟然不知道我们来的是一家

◀◀ 我们肯定曾经遇见过

书店，而这个书店竟然如此恢宏壮丽。

彼时我并不知道这家书店有着怎样的历史渊源，后来偶然想起，才查了一些关于它的资料。有一段描述是这样的：Buenos Aires 剧院书店是阿根廷的标志建筑，始建于 1919 年，当时的名字是 Teatro Grand Splendid 大剧院，1929 年改成电影院。无论是天顶画、华丽的雕刻还是红色的大幕布，这家书店都依然保留着当初的壮观，客人们甚至还可以坐在剧院包厢里享受舒适阅读。

在这五层的剧院书店里，几乎要屏住呼吸慢慢地走、看，摩挲着那些看不懂的书籍封面，悄悄打量着那些认真阅读和寻书的身影。那一刻，我竟未曾想过要买一个笔记本做留念，只是抓住导游问了一声："可以在楼下的音像店买到阿根廷的音乐 CD 吗？"那个好脾气的福建姑娘轻声告诉我："唉呀，都是探戈音乐，你要吗？"

我想了想，摇头。算了，能够在这样的书店里待一待，也就足够了。

在那本《顶级书架》（*Top Shelves*）中，英国《卫报》记者尚恩·多德森（Sean Dodson）选出了他心目中十家最棒的书店。第一名是荷兰马斯特里赫特瑟莱克斯的教堂书店，而第二名则给了阿根廷首都布宜诺斯艾利斯的这家雅典人书店。

因为跟的是去往南极的旅行团，布宜诺斯艾利斯算是一个转机点，也因为出发前比较匆忙，所以几乎没有做功课，只听同团的"顽童"们叫着："唉呀，这一天才不跟团呢，我要自己去博物馆，去歌剧院……"

而在这座有着"南美百老汇"美名的城市，El Aires 雅典人书店无疑是我跟团游最惊喜的收获。那些精巧的雕像装饰、穹顶壁画、暗红色绒布、希腊柱子、浮雕，还有恰到好处的灯光，让这家书店拥有着百年前奢华歌剧院的气息，又有着书店本应有的恬静气质。

举着相机四处逡巡的时候，每每看到那些与书籍美好相处的身影，就觉得欢喜。他们是多么幸福。热爱阅读的民族永远是幸福的，他们身上有着无尽的希望。这个世界有无数的"不知道"，但我们能够通过持续的阅读和行走去慢慢地"知道"。

突然有一个闪念：如果我们的爱读书会哪一天能够齐齐在此，会是怎样的景象？那么，我们还会像平常那样大声说笑、谈论八卦以及不断跑题又不断被揪回来吗？我们应该以哪一本书为主题书好呢？

据说，大光明剧院停业后，2000 年由 ILHSA 集团承租下来，并交给设计师 Fernando Manzone 设计规划，重生为"雅典人书店"。剧院内原有的座椅全数拆掉换成特制书架，而那些楼上的包厢同样也摆着书架和舒服的沙发。所有来此的人可以选书，也可以看书。

在如此恬静安然的氛围里，我有些恍惚迷离的时刻，甚至忘记了自己只是游客。事实上，我们只在那里停留了一个小时。

最喜欢的还是那家坐落在剧院原来的舞台上的霸道安静而美丽的咖啡馆，人们小声地聊着天，喝一杯咖啡或其他饮品。

看看时间，还有 20 分钟就要离开，我便拉着亲爱的谢嬿迅速地坐到咖啡馆里，随便要了一杯冰咖喝起来。心想，至少我在这家美丽的 El Aires 书店里，不会像其他游客那样，只顾着举着相机一通乱拍，而是享受着这家书店给我带来的短暂又珍贵的悠闲惬意。

咖啡并不好喝，可我是那样心满意足，无限欢喜。

El Aires 书店 ▼▼

背包旅行时你可以这样赚钱

在格外炎热的夏天跑去清迈，完全是因为一张 60 元的南航直飞特价机票。

从广州飞到清迈已是傍晚，打车到清迈老城的酒店，洗一把脸就跑出来找地方吃晚饭。酒店在几条曲折的小巷深处，走到主街只要几分钟，一抬头就是朋友推荐的据说是清迈做得最好的杧果椰浆糯米饭的小店，而左手边便是塔佩门。

我们朝塔佩门走去，一边走一边说："真像法国东南部的阿维尼翁呢，那里也有城墙，也有几道古老的门，门里门外，就是城里城外了。"

正努力地对照着地图找方向时，就听到塔佩门外的广场上传来爽朗的女声，她们说的是中国话。那边有三四个小小的地摊，有两个又年轻又可爱的女生正跟人讲解着地摊上的货品，这个是青金石，那个是什么石……

地摊很小，大概就是一两张桌布大小，摆卖的首饰也不多。两个小女生快活地说："我们后天就要回去了，便宜卖便宜卖。"又热情地给另外一对问路的中国游客指路。

◂◂ 我们肯定曾经遇见过

    我立刻好奇心起，才只是简单问了一句，对方就爽朗地答："我们摆地摊赚点旅费，就可以去其他地方了。"其中一个指着另一个说对方在写书；另一个又说她们准备到各处去寻访手工艺人，搜罗他们的作品，赚了钱就继续上路。

    这不就是所有年轻旅人都羡慕的旅行方式吗？

    地摊上的东西不多，我挑了一对大耳环——金属圆圈细细地绑着紫色的线，又缝上了一圈小铃铛，略略一动便有叮叮当当的碎响。开价是50泰铢，对方告诉我："这对耳环就赚你10泰铢，我们后天就要回家啦。"

    这对耳环是我在这个地摊上唯一可挑到的合适我的小首饰，也是我在清迈花掉的第一笔钱。我当下就直接戴上耳环，高兴地晃晃脑袋，听到一阵细细碎碎的铃铛声，立刻就觉得清迈真是不错。

    听说我们要去吃饭，小女生热情地指路，又热情地鼓励我们和佩枪的士兵合影。她说："我们刚刚和他们合影了，好威武。"最后，那个长直发的小女生给了我一张名片，让我们回酒店就加她的微信。

    第二天在清迈老城闲逛，到傍晚竟然有些惦记她们，便又去了塔佩门广场，果然她们还在。天色还未晚，所以地摊也多一些，菲菲和帆帆一边自己摆摊，一边还帮相邻的地摊叫卖。

    旁边地摊的主人是一对来自湖北和台湾的小情侣，他们卖的是手做的棉麻衣服，还有枯木枝做的发簪。他们一边摆摊，一边还飞针走线地缝制。手做永远有别致的味道。我又起了贪念，只是看来看去，这些朴素美丽的衣服只适合"高平瘦"的美女啊。悲怆之下，我便跑去和菲菲排排坐下，像老友一样肩并着肩，也开始叫卖起来。呵，天知道清迈为什么这么多中国人啊，围观的、询价的全部都是中国人。

    帆帆在帮小情侣叫卖，我在帮菲菲和帆帆叫卖，太梦幻了。她们还是那么快活。

故事 ▶▶

　　这大概是最寻常也最有趣的一种遇见了。

　　后来我才知道，菲菲和帆帆在成都开了一家名叫"山间"的小店，她们售卖的是从世界各处搜罗来的手工首饰。

　　菲菲一年前还在北京做儿童杂志编辑，虽然是很喜欢的工作，但是朝九晚五以及早晚高峰的地铁，还是让她心生厌倦。她的原话是："都快对生活失去信心了。"

　　"撤离北京后我和老公打算出去玩，两人一直幻想着每个城市住一阵，于是2013年6月我们一路南行，丽江、西双版纳、大理、昆明、曼谷、甲米、普吉、清迈，走走停停。

　　"清迈是一个小城市，我们喜欢这里，在这里待的时间最长。出发前不得不买了回程票，因为不买不让登机。结果到了时间又不想走，就直接浪费掉了两张机票。12月后的塔佩门几乎每天都有演出和美食集市，这样的生活有种醉生梦死的感觉。遇到帆帆正是在塔佩门。"

　　而帆帆呢，之前是做贸易报关类的工作。她辞职后开始一直游玩，异国摆地摊的第一个地方就是老挝琅勃拉邦，接着尼泊尔、印度、越南……她一边摆摊赚钱一边享受旅行的乐趣，背包穷游东南亚一直走到泰国，晚上在塔佩门摆摊，白天就到处玩。

　　巨蟹座的菲菲和摩羯座的帆帆在清迈塔佩门偶然遇见，便产生了巨大的化学反应，这化学反应直接导致了另外一种人生。嗯，是的，所谓旅行改变人生，这便是一个实例。

　　菲菲是这样回忆的：

　　"某天我和老公、帆帆、蓝裤子去吃清迈闻名的千人火锅，四个吃货吹牛闲聊，本来是说让帆帆写自己的经历，出书，最后竟变成了一起创业。我们都喜欢旅行，干脆出售自己旅行时在经过的国家淘的一些特色产品，这样赚的钱就能继续旅行。

◀◀ 我们肯定曾经遇见过

"回到成都，原本也要入伙的设计师因为个人原因退出，我们四个人像梁山好汉一样聚在我家。帆帆是甘肃人，蓝裤子是湖南人，我是四川人，小石是山西人。我们奇妙地聚在一起，成了草根组合。

"做了三个月网店又开了家实体店，我和帆帆开始轮流值班，一个人看店，另外一个人旅行。小店很有趣，经常有奇妙的客人光临，世界开始真的和以前不一样了。"

这两个勇敢的 80 后女生便是这样一边旅行一边赚钱。

有天在朋友圈看到菲菲发出的几组首饰图片，便到她的淘宝店一气买下四位数价格的首饰。

在陌生的国家寻访手艺人，其实并不是一件容易的事情。毕竟这是《孤独星球》（Lonely Planet）从来不会涉足的领域。菲菲、帆帆的办法极简单，就是去著名的周末集市，一边搜罗一边打听。

"看到什么特别的手工艺品就会问问是谁做的。一次买手绘画时，因为拎的东西太多就随口说回来再买。那位手艺人有些激动，就说你们每个人都会说回来再买，都是撒谎的，不会再回来，不买可以，没关系，不要说什么再回来。试图跟他解释，可是他摆摆手，根本不听。我们只好继续逛，逛完了回去再买的时候，他非常震惊。他说，你们不喜欢不买没关系。我们说，就是喜欢，喜欢这些画。结果他主动给我们打折，又给我们把画包得特别好，还给我们介绍了别的手艺人。"

我曾经在菲菲的朋友圈里看到一张手艺人的照片，很好奇地去打听，菲菲便告诉我了另外一个故事。

"找到做首饰的男孩是因为帆帆先认识他的女朋友——一个日本女孩子。帆帆看她手上戴的首饰很特别，就问在哪里买的。这才知道她就是做首饰设计的，和男朋友一起做。后来按照日本女孩子的指引，坐了大概四小时的车绕着山转啊转，找到那个小镇，和那个男生聊了聊我们

故事 ▶▶

边旅行边开店的想法。他很支持我们，给了我们很多好东西。只是算账对他来说是个问题，他说平时都是女朋友算账。现在女朋友不在身边，自己算得好麻烦。貌似那天他算账都算到凌晨。"

平时我最喜欢用"意念"来激励自己和同事。我曾经说："意念就是你到底有多想做成这件事情。"

那么，对菲菲和帆帆这种一心想要自由、想要以背包旅行的方式来创业和旅行的80后女生来说，她们的心底应该是有着"菲帆"的意念。

我曾问过菲菲，生活上有没有感受到一些压力。她笑着说："家长也会催着生孩子，不过我和老公暂时不理，先玩了再说。两个人不过奢侈的生活，只要不上班，能去想去的地方就好了。"

好一个"只要不上班"。

这不就是我们大多数人希求的生活方式吗？

曾经和女朋友们聊天，大家都很向往"只工作不上班"的生活状态，但是回到现实，我们大多数人还是过着大多数人都在过的生活。

菲菲、帆帆选择背包旅行赚钱，如果没有去做，一定会觉得好难。一旦真正做起来，真正去像她们那样快活地摆摊，就会发现其实并不是想象中的那样困难。

"生活就像一张大网，当你伸开双臂面向世界的时候，就可以搜集到很多很多的讯息。"

旅行路上总会有这样或那样意外而特别的收获。一次无意的漫步，一次地摊搭讪，一次敞开心怀的结识，我认识了这对80后小女生。她们是那样充满勇气和享受快乐，最重要的是因为这是她们自己的选择。

如今菲菲和帆帆因为开店，两个人便采用一人看店、一人旅行的方式经营这家店。

开店也是好多文艺女青年的梦想吧，何况她们开的还是这样一家售

009

◀◀ 我们肯定曾经遇见过

卖世界各处别致首饰的小店。

菲菲、帆帆觉得她们收获了巨大的人生财富。

"很多路上认识的朋友,虽然只有几面之缘,但是有的帮我们联系手艺人,有的寄摆件过来,有的寄礼物,有的甚至从异国他乡帮我们带手工艺品回来,还有的帮我们想办法写策划对小店发展进行规划。遇到挫折的时候,大家也会纷纷安慰。你会发现现实虽然是冷酷的,但人是温暖的。"

只要行走,就一定会有遇见。

什么样的遇见最美好呢?

所有的,只要在路上的你能够敞开心怀。

此刻我又一次想起菲菲说的那句"只要不上班",心头便微微一暖。几个月前我也实现了"只要不上班"的心愿,再次做了自由人。放弃是艰难的,如同任何得到。一切都取决于你的想法以及你想要的是什么,比如我就是真的想"只工作不上班",那么朝着这个方向努力去实现就对了。

所以如果你也想去旅行,那么,只管出发就对了。

故事 ▶▶

背包旅行时这样赚钱 ▲▲

011

北非花园里玫瑰遇见狐狸

在《小王子》里,玫瑰可从来没有遇见过狐狸,而狐狸也只是从小王子嘴里知道他有过一朵玫瑰,是狐狸让小王子明白,他驯养过的,才是他独一无二的玫瑰。

而茶玫在"北非花园"摩洛哥的路上,遇见了狐狸。

决定去摩洛哥仍然是一念之间的事情。2014 年 9 月当我买好香港往返卡萨布兰卡的机票时,还只是一个人。当时想无论如何,2015 年的春节一定要去北非摩洛哥,不管机票多贵,不管有没有伴。当然很快我就约到了两个伴,心下窃喜了好一阵子:美丽的如荷同学英文比我好,一鸣同学答应做摄影师并帮忙拎包。

没多久如荷就因故退了机票,剩下我和一鸣分头去约伴,但始终没有成功。要知道春节约伴出行并不是一件很容易的事情。等到要找撒哈拉沙漠旅行团的时候,我特别想要一个私人团,人数在四人左右。一是不想到了马拉喀什还要四处比价、砍价找旅行社拼团;二是担心万一碰到不好玩又挑剔的陌生团友会影响整个行程;三是人少,自由度高。最后只得去网上发帖约伴和应约,临行前工作太忙也没有时间多留意,所以没有碰到合适的，只得悻悻作罢。

其实在网上碰到过一个特别合适的旅伴，甚至她说也要去三毛的小镇阿尤恩和小王子的故乡塔法亚。但是联系她之后，一直没有回复。在出发去香港机场的路上，我又找到那个"流浪的狐狸"的约伴帖，仔细看了一遍，觉得她应该和我们是同一班航班，便想着也许会在飞机上相遇。

卡塔尔航空公司飞往卡萨布兰卡的航班，从香港出发，多哈转机。我们在多哈机场进入登机室，随意挑了个座位坐下。彼时我只注意到邻座一个抱着背包打瞌睡的女生，她的包包上挂了一个艳红的中国结。待广播登机，极爱搭讪的我忍不住问她："中国人吗？是一个人吗？去摩洛哥旅行？"然后，我也不知道怎么就脱口而出："你是'流浪的狐狸'吗？"

她突然瞪大眼睛，迷茫地说："我是……可是你怎么知道？"

我哈哈笑起来，一边讲着前面的故事，一边还不忘赶紧合影加微信。狐狸也大呼不可思议，说："我出发前一直在加班，所以也没顾及那个约伴贴。"

有着三周豪华大假的狐狸并没有非常明确的行程，当时我跟一鸣对视，悄悄笑起来，觉得应该把她发展成我们沙漠团的一员。

多哈飞往卡萨布兰卡，又是八九个小时的航程。其间我们站在飞机通道上聊起各自的行程。狐狸是个纠结的A型白羊座，听了我们的行程，就开始计划怎样从要去的索维拉到马拉喀什和我们会合，再一起去撒哈拉沙漠。

无论如何，这个在司朗工作的外企白领、兰州姑娘、素食的狐狸就这样和茶玫相遇了。

当我们下了飞机，换好钱，买好电话卡，一起坐上进城的火车时，我问她为什么叫狐狸，是因为《小王子》吗？

◀◀ 我们肯定曾经遇见过

　　她点头。我说："嗯，我是玫瑰。"——而那个瞬间，超过二十四小时没有洗脸睡觉的我们其实都憔悴不堪，状如女鬼。

　　于是这一路，我们以狐狸、玫瑰相称。大胡子一鸣却一点也不像小王子，被我们称作大哥，一路很照顾我们。

　　我们在卡萨布兰卡计划只住一晚，第二天傍晚就要飞去西撒哈拉的阿尤恩，去寻三毛的足迹。而狐狸已经预订了两晚的民宿，她说："人人都说卡萨布兰卡只适合路过，我偏要多待一待，好好看一看。"

　　她预订的民宿在老城"麦地那"。

　　当晚我们在《北非谍影》里的里克咖啡馆再见的时候，她已经和房东火热地聊过了。虽然我们都知道这个咖啡馆其实是建在电影上映之后，但听着"As time goes by……"的旋律在钢琴键上流淌，还是觉得荡气回肠。

　　狐狸坚持要先去索维拉，最后才去阿尤恩和塔法亚，问过我们预订的沙漠团时间后，便决定和我们一起前往沙漠。

　　第二天一早，我们在大西洋岸边的哈桑二世清真寺碰头。狐狸是一个热爱历史的好学姑娘，我和一鸣跟着导游走了一阵子，不耐烦后就跑去拍照，狐狸就跟着导游吸收所有的讲解，然后再一字一句地翻译给我们。狐狸简直就是最佳旅伴。

　　这一天是2015年的情人节。我们在海岸边拍了一张映在碧蓝海面上的三人倒影之后，便分开旅行。狐狸继续在卡萨布兰卡晃荡，而我和一鸣则飞奔去机场，去那个从年少时就开始惦记的属于三毛的小镇。

　　当我们结束阿尤恩的行程，回到卡萨布兰卡的时候，狐狸已经逛完了索维拉，去了又雨又冷的马拉喀什。因为没有提前预订酒店，偶遇的一个台湾男生带着她四处找旅馆，终于找到一家不错的。但是，她觉得很冷很委屈，在微信上跟我们撒着娇说第二天见面时求安慰求拥抱。

故事 ▶▶

从卡萨布兰卡到马拉喀什有四个小时的火车车程。这一天是除夕，我将自己穿成了一个"大红包"，欢天喜地地去赶火车。我们在提前预订好的马拉喀什的美丽旅馆等狐狸来，饿得快气息奄奄的时候，她总算出现了，见到我们的第一句话就是："今天是除夕啊，我们要去找我们的年夜饭！"

狐狸是拖着行李箱过来的，从此我们就开始了同床或同房的旅程。她在迷乱错杂的麦地那寻找我们的旅馆的路上，总会有人冲她喊"空尼其娃"。她也不想解释，就回喊了一声，不想被一个嫁到当地的日本女人听到了，主动跑上前来想要跟狐狸认老乡。日本女人介绍了一家极好的日本餐厅，还画了地图。狐狸激动地对我们说："我们就去这家吧，肯定有面条。"

走出旅馆，我们竟然在小巷子里又遇到了那个温婉的日本女人。

我偷拍了一张狐狸和她聊天的照片，狐狸特别感激我，她觉得这张照片为她留下了一小段美丽温暖的记忆。

当我们兴冲冲打车去到餐厅，这家档次极高的餐厅的工作人员竟然告诉我们，他们的营业时间是晚上七点钟，想要吃饭就得再等三个多小时。不过餐厅推荐了另外一家日本料理店，我们无奈对视，咬牙决定再一次出发去寻找。毕竟那天是除夕，我们都是那么注重仪式感而且还作得要命的人，哪怕真的已经饿得半死，也一定要找到我们要吃的店。

最后我们吃了寿司三文鱼、米饭、面条，还有好喝的汤，满足得飘飘欲仙。尤其后来去了撒哈拉沙漠的酒店餐厅，遇到另外两拨中国人。我问人家："你们年夜饭吃的啥？"当听到大家说吃的三明治、大饼之类的东西后，我们都得意地心照不宣地笑起来。

吃过年夜饭，去不夜广场的音乐地摊跟当地人击鼓跳舞，再去麦地那晃荡，又回到广场喝一杯，终于确认了这个伊斯兰国家不允许卖酒的事实，只得以薄荷茶替之。这才算是真正过完了除夕。

而这一天，也是我和狐狸在摩洛哥同床的"初夜"。

躺在床上，狐狸说："我们明天一定要去洗个澡啊。"

想起在土耳其洗过的那个舒服死了的 Hamami（土耳其浴），我立刻激动起来，极力幻想着摩洛哥的"舒服死了"到底会是什么样子。

第二天我们去了迷死人的马约尔花园，去了各种陵墓、清真寺，还在阳光下的某个顶楼餐厅，吃了一顿美好的午餐。

那天是大年初一，我们也要发红包。于是大家就把钱包里的各国钱币都掏出来摆了一大桌，笑得不得了。最后想起来合影留念，于是三个人赶紧齐齐坐成一排，才意识到没有人给我们拍照呀！于是又匆忙拜托隔壁桌的外国人帮忙，总算有了一张大年初一的红彤彤、喜洋洋的合影。

身处异国，大年初一当然必须过得格外隆重。那天我们逛了一整天，累得半死回到旅馆，晚饭都不打算吃了，只问旅馆人员哪里可以洗澡。

帅气的旅馆小哥给我们介绍了一些洗浴房，但是他说我们回来得有些晚，要去的话就得立刻去。然后他又说他们旅馆的二楼就有洗浴房，又告诉我们外面的公共澡堂不是太好……我们本就累得半死，听说足不出户就可以"舒服死了"，自然就动了心。旅馆小哥又说可以去外面请人来帮我们搓澡，狐狸听完一下子就要晕过去了，在陌生人面前赤裸相见真的好吗？

我对她讲了一年前我经历过的土耳其浴，告诉她只要把自己放空，尽管享受就好了。受到如此蛊惑，她也就没按捺住好奇心，同意了，甚至还提议她先去洗。

小哥说，烧热洗浴房间需要两个小时，我们说没关系，我们可以等。我还跟狐狸讲，去年秋天在俄罗斯北极圈洗澡，烧热需要三个小时呢。

故事 ▶▶

　　于是我们坐在美丽庭院的炉火旁，一边聊天一边看照片，等着上门来帮我们搓澡的妇女。待到两个小时过去，狐狸都脱了厚衣服进了浴室，小哥居然又说，太晚了没有妇女愿意上门，如果愿意，他可以帮忙搓澡。

　　狐狸从二楼浴室冲下来，问我怎么办。一直幻想着"舒服死了"的我听说如果我们自己洗，旅馆可以不收分文，于是决定自己洗。但想想没有办法像之前那样"舒服死了"，心里还是有些失落。

　　于是才厮混了两三天的在机场偶遇的原本完全陌生的两个女人，就这样赤裸相见了。

　　虽然没有人帮忙搓澡，却因为整间浴室被烧得暖暖的，洗澡水也是烫烫的，洗澡泥也是极好的，虽然不知道是用什么制成的，我们也就自得其乐地舒服了一回。

　　第二天一早，我们便上了之前预订的沙漠团的越野车，狐狸自觉并且自愿地做了翻译。她已经通过邮件将二人团的每人 350 欧，成功地砍

◀◀ 我们肯定曾经遇见过

价成了三人团的每人 250 欧。只见她坐在副驾位置，跟那位叫穆罕默德的柏柏尔小哥火热地聊着我们未来四天的行程，时不时地给我们翻译，说完了就一拍他的肩膀，果断命令："Continue（继续）！"穆罕默德本在专心开车，肩膀被那么一拍，立刻转为一副俯首帖耳的神情，继续介绍起行程来。

我笑得不得了，不知道这个外企的小妞在办公室里会是怎样一种状态。

我们就这样在异国狭路相逢又快活同行。

这位热爱世界历史的小姐异常好学，以至于我们每天晚上都嗷嗷待哺似的等着复制她的长篇微信到自己的朋友圈。而我们每天的对话基本是以下的风格："今天你拉了没有？""拉了拉了，简直爽爆了。""你想要啥都拿去，都是你的。""睡过就是不一样，这朋友是做定了。"

要知道，和我们一起的大哥一鸣，最多就是斯斯文文地说"去解个手"之类的。

我们拍照，购物，换钱，寄明信片，通通都是需要花时间的事情。狐狸热情耐心地陪着，还参与问路、讲价等一系列活动。而她吃素食，我们一起分担餐费的时候，她也毫不介意，她总是说："没关系啊，这个能有多少钱？"

当然我们也会很自觉地将某些费用抹去，各自心里有数，自然地抵消就对了。

很快我们就有了一个更加美好的约定：明年春节，我们摩洛哥三人组再一起去墨西哥。当然计划永远没有变化快，摩洛哥三人组在来年春节没有去墨西哥，却一起约了去看北极光。

我们一起在摩洛哥过除夕，一起过大年，一起在小巷迷失，一起逛当地集市，一起包着柏柏尔头巾骑着骆驼进撒哈拉沙漠，一起看过沙漠

故事 ▶▶

的晚霞和星空，一起在篝火边拉着手唱《橄榄树》，一起喝茶聊天，一起睡一起吃一起笑一起赞叹一起商量……

旅行就是这样，能够一起这样一起那样，在一起互不相厌离开后又彼此想念，一切是多么难得，尤其是我们还是以那样的方式"捡"到彼此。

尤其是，她是狐狸，我是玫瑰。

后来，我们在菲斯分手，她要去梅克内斯，而我们要去舍夫沙万和艾西拉。

当我们在舍夫沙万的迷人蓝色里沉醉的时候，她一个人在梅克内斯古城为悠远迷人的过去而大喊"千万不要轻易错过这里"。

我想所有的这一切都是注定的，后来她专门从深圳赶来参加我们的"草堂窖春"的活动，还和大家分享了我们在摩洛哥撒哈拉沙漠的故事：那天傍晚，金色夕阳特别美，在车上刚好听到《又见炊烟》，我们忘情地齐唱"诗情画意虽然美丽，我心中只有你……"不明真相的穆罕默德突然将车停了下来，拉着我们下车，就在美丽的诗情画意的夕阳里，拉着我们跳舞，最后还热烈地一手抱一个……

后来狐狸把那句歌词翻译给他听，那位可爱的柏柏尔小哥立刻露出一副无比陶醉的表情。

当摩洛哥三人组终于又聚在一起时，我和一鸣一致要求她给穆罕默德发邮件，告诉他，我们真的很想念他。

狐狸去摩洛哥，特地带了一本《撒哈拉的故事》，这本书被我在沙漠里当作道具拍了很多照片。她毫不介意，都没有问我要照片，并且说："这么作的事情才不是我干的。"

至于那本书，我们商量了很久，大家一致同意她应该把它留在三毛《素人渔夫》里写的"国家旅馆"，这样以后再有人因为三毛而去阿尤恩国家旅馆的时候，就可以看到了。

◀◀ 我们肯定曾经遇见过

　　她一个人去阿尤恩，她的路线是先到三毛家，然后再走到邮局，因为当年三毛每天都是这样"走一个小时到邮局"。她将带去的火红的中国结，挂在了那个沙漠里最美丽的三毛家的门口。在微信上看到那张照片的时候，已经回国的我们特别特别感动。

　　后来我很多次想起，我们在马拉喀什会合不久，我在一家小店细看各种漂亮的小玻璃瓶，她立刻就问："你是准备去装撒哈拉的沙子吗？"那一刻，我真的有些震惊，怎么会有只见过几面就这样心意相通的朋友啊？可是，《小王子》里的那只狐狸不就是这样的吗？

　　是的，书里的狐狸和玫瑰从来不曾遇见，而我们却这样在旅行路上遇见了。我们要相信每一个当下，遇见的就是最好的。

摩洛哥的路上 ▼▼

故事 ▶▶

一家最销魂的波斯 Teahouse

这家美丽得不知如何细述的茶馆,就处在伊朗伊斯法罕伊玛目广场的一角。

2014 年大年初一,飞到伊朗之前,我的朋友望月正在伊朗游荡。我就是在望月的微博上看到这家茶馆的。

望月是我于 2005 年 7 月在丽江认识的姑娘,那些天,我们和蓝子、麦子等一大群新朋友无所事事地快乐着。后来当然就没什么联系了,就在前年某天和刚认识的紫安聊天时,她无意中提到"望月"这个名字,我立刻问:"是加拿大的?高瘦?爱旅行?"于是,我和望月终于重逢了。

旅行就是这样,让我们不断地遇见、离别,又因为兴趣相投,所以我们又有极高的可能,会再次遇见。

在望月微博的描述里,我知道它在一个不可思议的杂乱的脏兮兮的院落里,还要过一道不可思议的类似隧道的门洞,而一旦走进去,就是另外一个天地。用望月的原话来讲,就是来到了一个阿里巴巴的山洞。

那天一大早,我和童童跑去看伊斯法罕著名的亚美尼亚教堂,阳光极美极透亮。我对一切繁复浓郁有着不可救药的热爱,所以完全不能理

◀◀ 我们肯定曾经遇见过

解所谓的密集恐惧症因何而来。那座小小的亚美尼亚天主教堂有着繁复而浓郁的美，因为与伊斯兰教的元素交织，又有一种别样的美。和西班牙安达卢西亚的教堂比起来，我觉得这座坐落在伊斯兰国家的亚美尼亚教堂美得更加极致。

当天是周五，早上所有的清真寺都关着门。待到我们回到伊玛目广场，一边在大巴扎里打定主意要迷失一番，一边又不忘互相提醒要去那个像阿里巴巴山洞的茶馆。

掏出手机翻出存好的望月专门画的茶馆的地图和茶馆的伊朗名字，我们循着那个方向而去，刚走出大巴扎的角门就摸不着方向了。地图上的标注告诉我们应该会经过一个军需品店，四下张望，却不见任何类似军需品店的影子，只得拿着手机里的茶馆名字去问路人。那是一个带着老婆孩子的男人，他有些讶异地打量了我们一下，然后指着一道毫不起

眼的木门，意思是进去就是了。

钻进那道木门时，心里还是很犹疑的，等看到那个不知养的是不是鸡的乱糟糟的院落时，才觉得也许找对了地方。正是冬天，不大的院子里还有些许积雪，看不到任何招牌或指引，直到又看到几个当地人掀开了角落里的一道帘子，我们才决定跟着他们走进那里。

这实在是一个叫人立刻就要疯狂的茶馆。如果你来伊斯法罕没有去过这家茶馆，那么，为了它，你必须得再来一次。

茶馆里几乎都是当地人，他们或是慢饮一杯加了黄冰糖的红茶，或是品尝一小碟甜品。我们坐下后，简直不知道该从何看起来，四处都是密密麻麻、层层叠叠的各式各样的装饰，灯、枪、钟、杯子、画像，还有更多不知道该叫作什么的玩物，整齐又密集地置放在这个长长的类似山洞的地方。透过一道小门和门帘的缝隙，可以看到里面有男人在吞云吐雾，享受着他们的伊朗水烟。

旁边桌刚好坐着一对台湾夫妻，问他们是怎么知道这个茶馆的。他们说，在台湾的一个旅游网站上，这家茶馆被列为伊朗数一数二的必到之处。和他们同桌的是一个伊朗年轻人，他们用英语轻松欢快地交谈着，那个伊朗男生还主动帮我们叫了红茶和一道主食。他回来时略带歉意地笑着说："这家茶馆只卖这几样。"

但最后那道主食也没有上，没关系，完全被倾倒、被震撼的我们哪里还顾得上吃什么或吃不吃的事情。红茶刚送来，我们就已经坐不住了，问伊朗男生可不可以到门帘后面去看看。他笑嘻嘻地说，当然可以。他带着我们跨进了那道门帘，而我们也跟着他一脚跨进了专属男人的禁地。

这片区域相当于吸烟区，有很多伊朗男人坐着，一些看似漠然地看着我们的闯入，当然也有一两个朝我们挤眉弄眼的年轻人。跑去和一个大叔套近乎，人家很酷，瞟我一眼，完全不理会。邻桌是几个年轻人，

◀◀ 我们肯定曾经遇见过

他们笑嘻嘻地看着我,感觉人家面善,便赶紧转身去搭讪,问:"可不可以试一试?"

他们几个其实是合抽一支水烟,当下相当高兴地将烟嘴递给我。我用手一擦,就吸了一口,貌似没有什么味道。他们又一起教我应该怎么吸,我便又试了一口。其实,与其说是在吸水烟,不如说我是在伊朗严格的男女分界的禁忌间寻讨一丝破忌的快乐。我的朋友阿步说,他们在伊朗另外一个城市亚兹德,就找到了男女可以一起抽水烟的茶馆。后来,我们在德黑兰也看到有艳丽迷人的伊朗女子在餐馆抽水烟。

我们在这个茶馆待了很久很久,直到台湾人离开,直到其他很多人都离开,我们还舍不得走。后来,突然看到有两个伊朗美女坐在外面的座位,公然地吸起了水烟。当下我们觉得万分奇怪。难道只是因为没有其他人了吗?破禁的快乐应该是谁都愿意去体验的吧?

直到我们离开,走出茶馆,穿过那个不可思议的杂乱的院落,才发现那道木门已经关上了。原来这家茶馆午后三点就会关门,所以那几个年轻的伊朗美女才敢公然破禁抽水烟。

她们抽水烟的妙曼身姿是多么美丽啊。

再次来到伊玛目广场,走进大巴扎,在各种美丽的桌布、油灯、陶艺、水烟、银盘子间徘徊,俗世的烟火气扑面而来,突然又想起还有两座美丽的清真寺没有看。

这天是周五,我们再次遭遇了关门的噩运,最后我总算趁乱被人带进了夕阳下的伊玛目清真寺。在落日与明月的交互辉映里,一个人缓慢而空洞地消磨了夜色真正来临前的时光。

抽水烟的波斯女子 ▲▲

◀◀ 我们肯定曾经遇见过

故事 ▶▶

在花神咖啡馆遇见波伏娃

去法国旅行之前，我认真地想过，应该要以哪一种方式去巴黎游荡。我甚至还想过，是不是要去电影《巴黎，我爱你》里每个短片的场景，但这个念头几乎立刻就放弃了。毕竟，当我从广州飞到巴黎，只来得及看一眼巴黎清晨的天空，就得立刻转高速列车去阿维尼翁。而再次看到巴黎的天空时，已经是十八天之后。在这期间，我游历了阿维尼翁、阿尔勒、圣雷米以及比利牛斯山脉另一端的西班牙。

事实上，我在巴黎的时间只有三个晚上。

当我意识到不可能去到《巴黎，我爱你》的那十八个故事场景时，便立刻调整心态，决定以一个观光客的姿态去完成这三天三夜的巴黎游荡。

观光客会去的地方自然一个都不想落下：埃菲尔铁塔、巴黎圣母院、凯旋门、卢浮宫、蓬皮杜、老佛爷百货、巴黎春天、香榭丽舍大道、和谐广场、塞纳河……在转往阿维尼翁的火车站里，我们就提前买好了三天的博物馆套票，一心想着一定要尽可能地发挥这套票的作用，把那些传说里恢宏美丽的博物馆尽可能地走一遭。

◀◀ 我们肯定曾经遇见过

  可是当我们打算要好好地感受这座世界花都的时候，才发现只留给巴黎三天的时间实在是远远不够。事实上，当我们在秋天的微雨中去卢浮宫，只待了六个小时便彻底绝望了。作为一个非美术狂爱分子的文艺青年，在几乎可称得上浩瀚的卢浮宫里，实在是有随时被淹没的危险，体力、鉴赏、背景、对大师的膜拜，每一项都不足以支撑我们待到闭馆。而当我们逃离卢浮宫，奔往时尚的香榭丽舍，登上凯旋门远眺巴黎市景与埃菲尔铁塔时，内心竟然是惶惑迷茫的：这就是我们想要的巴黎？我们是那样疲累，总觉得没有抓住巴黎的中心思想。

  倒是在漫长陈旧的巴黎地铁里，我一次次想起《巴黎，我爱你》里那个与地铁有关的故事；在橘子美术馆，看到莫奈美丽的《睡莲》，觉得这样的宁静梦幻或许才是巴黎的样子；在奥赛美术馆里，看到凡·高的《隆河星空》，回想起探访过的凡·高住过的法南圣雷米的圣保罗修道院……

  那么巴黎于我，究竟应该是什么？

  巴黎当然还有曾经无数次通过阅读被深深激荡过的杜拉斯以及西蒙·波伏娃。行前专门找出好几年前买的那本《巴黎情人》，台湾作家钟文音在巴黎探寻杜拉斯、卡米耶与波伏娃的生活踪迹，我特别找出波伏娃的章节，想着至少要去花神咖啡馆喝一杯咖啡。

  这应该是所有文艺青年去巴黎的目的之一。

  10月初的巴黎一下起雨来很是清冷，后悔没有穿厚外套，我的那条羊毛披肩完全不能御寒。巴黎圣母院外冒雨排队上钟楼的人太多，我们坐在旁边的餐馆里取暖，立刻决定放弃登上那座属于卡西莫多与艾丝美拉达的钟楼。走过小桥，离开西岱岛，我坚持要去圣日耳曼大道，要去花神咖啡馆喝一杯咖啡。

  这家著名的咖啡馆便是当年萨特与波伏娃以及更多文人、艺术家时常聚会畅聊的地方，是存在主义最著名的论战之地。而我对它的执着只是因为波伏娃，因为她写过的《第二性》，因为她说过"女人并不是生就的，而是逐渐形成的"。在《第二性》的自序里，她甚至这样说："并不是所有的女人都可以成为女人，要被人看成女人，就必须具备大家公认的女性气质，而这种气质作为现实既神秘又令人信服。"在波伏娃看来，女人要成为女人，并不完全是生理的性别，或身着漂亮的长裙，女人的处境其实是由"自由"而非"幸福"来做依据。

在巴黎的最后一个午后，在冷雨中慢慢寻到圣日耳曼大道，眼前是时尚昂贵的 LV 与 Chanel 店。古老的教堂在一街之隔的地方，而花神咖啡馆就这么清晰且冷静地闯入了视线。

一楼的露天咖啡馆已坐满人，天气冷，顶棚的暖气都打开了。好容易找到一个狭小的座位，与三个时髦的欧洲女子挤在一个角落，丝毫不影响我沉默而执着的四下张望。邻桌便是两个帅到极点的男子，脚边还有一只小小行李箱，我一厢情愿地把他们也归为我们的同类——来巴黎怎么可以不在花神咖啡馆喝一杯咖啡呢？

咖啡确实不好喝，咖啡杯也相当普通。我的朋友雷发林收藏了世界各地的咖啡杯，还在深圳做过一次展览。当我知道他也有花神咖啡杯的时候，心下无比羡慕过。而当我真正坐在这里时，觉得这样的咖啡杯看起来真是普通。

可是，这里毕竟是花神咖啡馆。

当年萨特与波伏娃的地盘在二楼，就在楼梯旁边。那个 L 形的咖啡座应该还是当年的样子，座位上挂着一张他们与朋友们的合影，就是在这个位置拍的。二楼客人非常少，安静，弥散着相当迷人的气息。我想，任何人都不会真的坐在这里吧，因为那样昏黄与老旧，真的会把人一下子拉入波伏娃的年代。而她在当年，"每天在花神咖啡馆二楼上写作，

▸▸ 我们肯定曾经遇见过

面对敞开的窗户，她可以看到圣日耳曼大道上葱绿的树木"。

我爱的是波伏娃式的爱情，还是波伏娃桀骜的思想？我并不清楚，而在这个 10 月清冷的午后，在花神咖啡馆嘈杂的人群里，一抬头，我看到秋日圣日耳曼大道的树木并不葱绿，却在几十年前被波伏娃每天凝望过。旁边就是著名的双叟咖啡馆，我却完全忘记了它的存在，只沉迷于花神咖啡厅带给我的情绪之中。

在花神咖啡馆喝过一杯咖啡之后，我觉得内心的那些激荡完全消散了，我心满意足地觉得这就是巴黎应该有的模样。

花神咖啡馆一角 ▴▴

阿拉恰特——爱琴海边的蓝白之爱

去土耳其的决定其实很随意，本来计划要去伊朗，但同伴说好想去土耳其，我心里也有些想法，看看地图，反正离得不远，便决定去土耳其了。

我们只有八天七晚的时间，把地图看了又看，路线排了又排，最后决定舍弃东部地区。我们从伊斯坦布尔出发，向西绕一小圈，再回到伊斯坦布尔。我将其中四个晚上都给了伊斯坦布尔这个怎么也逛不完逛不够的美丽城市。

之所以要去阿拉恰特，完全是因为某天在穷游论坛看到一个嫁到伊斯坦布尔的姑娘说切什梅、阿拉恰特都很不错。找资料看后，觉得真的不错，尤其是大家口中所说的那个希腊小镇，有着像圣托里尼一样的蓝白风情。再看地图，阿拉恰特离希腊真的好近，都在爱琴海边，受希腊影响想来也是必然。

◀◀ 我们肯定曾经遇见过

　　那个清晨，我们从伊斯坦布尔飞到伊兹密尔，在机场巴士站四处寻找论坛上小伙伴说的某路公交车。可是怎么都找不着，问了很多人，要么不会英语，要么不知道。迷茫中等了很久，终于有人告诉我那是夏季班车的信息。那位好心人又告诉我们应该上哪趟公交车，在哪站下车后再转车。好在我们将行李箱都寄存在了伊斯坦布尔的酒店，只背着轻便的背包，于是一路折腾，转车，问人，下车，吃午餐，找酒店，被不懂英文的当地人带路……我们预订的 1882 Hotel 终于出现在眼前了。

　　这是一家建于 1882 年的古老建筑，后来被现在的主人改建成酒店，有着极美的大厅与庭院。在暮冬二月的阳光下，庭院里那个蓝色游泳池可真美。我们的房间在二楼，有柔软的大床、好看的窗帘、旧旧的温暖的木地板，还有一个伸展出去正对着花园泳池的美丽露台。带我们上楼的服务员不会英文，于是将房间里的抽屉一个个打开，指着水啊、洗漱用品啊，微微笑着说："No money."

　　然后，童童冲进洗手间，喊起来："欧舒丹。"

　　我在露台上晒太阳、抽烟，突然笑起来，为自己挑了这家酒店而得意。

　　此前我们对这个小镇几乎一无所知，只知道它号称"希腊小镇"，似乎也没什么特别的景点。夏天，人们来此消夏，游泳、滑板、冲浪。我们翻看的书中写到从这里可以坐船到希腊，便又勾起了我们对下一段旅程的幻想。

　　阿拉恰特也是在爱琴海边，只与希腊隔着一片海域。我们终于恋恋不舍地离开酒店，准备坐巴士前往爱琴海边。问路边卖炸鱼的小摊贩要去哪里坐车，对方指了指对面，又举起一块炸鱼要送给我们吃。我接过来并不客气地道了谢，下一秒钟便是满口香喷喷的味道。嗯，淡季的阿拉恰特真好啊，所有人都可以一眼辨出我们两个是来自东方的游客。

　　爱琴海的海水蓝得那样深情透亮，阳光又那么温柔暖和，可以只穿

故事　▶▶

一件单衣。想想前几天在伊朗波斯波利斯遇到的暴雪，觉得那已经是上辈子的事情了。我们在海边漫步，走过一些咖啡馆。没有游客的爱琴海边的咖啡馆，真是可以入画。远处就是码头，停泊了无数船舶，我们猜或许其中的一些就可以让我们抵达希腊。

这是第一次身处爱琴海边，宁静又空旷。我拍了一张我们映在清澈海水的倒影，便不再说话，自顾自地走着。大家彼此心里都有激荡吧，但因为不说话，便这让激荡只如暗流在心底涌动了。

单纯地看海，沉默地漫步，看越来越接近傍晚的阳光让爱琴海变幻成淡金色，于是又将相机放在地上，用蓝牙与手机的某个对应软件连接上，在爱琴海边自拍……

我们在阿拉恰特只待了一个晚上，第二天一早便要坐大巴去棉花堡。暮色四合时，我们连明天的大巴车站都不知道在哪里，而一个必须面对的问题是：我们怎么回到小镇？看起来公交车似乎并不会再次经过这里。

唯一的办法便是去问当地人。但这个季节不光没有游人，连当地人都少。好容易在一个小超市门口抓到一个刚买好东西的瘦高帅哥，虽然他不会英文，但很快就弄懂我们想回小镇的想法，便打了个手势叫我们上车。

当然要上车啊，不然怎么回去呢？后来又上来一个喝得小醉的男人，一直回过头兴奋地用土语跟我们聊天，我们均以无奈的微笑回应他。我偷偷拍了一张他们的照片，想着万一出了什么问题，以后还可以留做证据或线索呢。

很快，我们便回到了镇上。我努力想要让他明白，我们很想知道在哪里买去棉花堡的巴士票以及在哪里上车，可是他们听不懂，便又拉着我们去一家咖啡馆问他的朋友们。一群男人热情地打量着我们，又看我们给出的英文地址，又打电话问人，最后还是没有人告诉我们答案。其

◀◀ 我们肯定曾经遇见过

实就算告诉我们也没用，因为我们彼此都听不懂对方在说什么。

开车的男人一直笑着对我们说"OK"，这似乎是他唯一会说的英文单词。看那堆男人也搞不定，他又叫我们上车，还说着"OK"。我们也勇猛果敢地不知前路是何方就上了车，直到他将我们拉到老远的一家咖啡馆，那里的女主人会说英文，我们除了喜极而泣外，还有微微的内疚，为之前心底暗藏的戒备和警惕。

很快，我们就搞清楚其实从阿拉恰特到棉花堡没有直达大巴，我们必须先坐大巴到某地，然后再去那里的巴士站，买去棉花堡的大巴票。而阿拉恰特买车票和上车的地方，其实就在之前全是男人的咖啡馆50米之外的马路边。

喝完了我的第一杯土耳其咖啡，开车的男人又拉着我们回到镇上，将我们直接送到了买车票的地方。彼时天已经完全黑了。然后，他就挥手而去，笑眯眯地像只因为做了好事而自喜的善良的小兔子。

阿拉恰特人就是这么简单，一如这个宁静的蓝白色的小镇。当我们买好第二天一早的车票，放心地在小镇的小巷子里乱钻，一再地为那些蓝色的门、美丽的门牌与庭院啧啧赞叹。最后又在一家安静雅致的咖啡馆里晚餐，慢享爱琴海边的希腊小镇淡季的优雅宁静。

这个匆忙仓促的阿拉恰特之行啊，多么难忘。

回到1882 Hotel又有惊喜。

老板会说一点英文，为我们准备了美好的烛光，看我们坐在庭院里舍不得回房间，又让轻柔曼妙的小野丽莎的旋律温柔地响起，直叫人恨不得赤足与爱人拥舞。我们告诉他，第二天一大早就要坐大巴离开，但我们还想看看清晨小镇的蓝白风情，所以本来房价里包含的早餐，因为时间关系可以不必准备了。可是他一再表示，可以为我们提前一个小时准备。

暮色四合时的爱琴海 ▲▲

◀◀ 我们肯定曾经遇见过

　　沉睡后的第二天清晨，我们本来还是打算不吃早餐，可是下楼后看到美丽的餐桌布上已经摆好了诱人的果汁、面包、火腿、水果，还有童童至爱的橄榄和我至爱的土耳其红茶，我们便不由自主地坐了下来。这样的温情暖意，肯定是不能辜负的。

　　最近听朋友们说，阿拉恰特已经被国人占领，甚至 1882 Hotel 都订不到房间了。这让我又惶惑又自喜，觉得阿拉恰特真是不可多得的地方啊。虽然仓促，却那般出乎意料地寻路，那般心存防备地坐上陌生男人的车。可这就是我们的阿拉恰特啊，那些只可能属于当下的独一无二的遭遇与遗憾，都是旅行路上难得的美好遇见。

　　我们一次次经过与离开，最终都成为我们的经历，同样都是独一无二的。

让绚丽的古奥斯曼缓缓入梦来

在土耳其的时间实在匆忙,但还是必须去一下塞尔丘克小城,因为那里有地中海东岸保存得最完好的古典城市——以弗所。这座建于公元前 10 世纪的古城,更早期的时候是古希腊城市。在古罗马时期很长一段时间内,它都是罗马帝国中仅次于罗马的第二大城市。

当然,现在它是美丽的废墟了。

◀◀ 我们肯定曾经遇见过

　　临行前预订酒店是一件又爱又恨的事情。面对那么多选择，起初总是会爆发选择恐惧症。后来总算总结出几条硬性指标：地理位置，房间大小，酒店装饰及风格，旅友评价，结合此次目地的的性价比和是否有Free Wi-Fi。

　　在挑选塞尔丘克的旅馆时，因为只住一晚，便将地理位置放在了首位。当双人间34欧含早餐的Homeros Pension&Guesthouse出现的那一刻，我立刻决定放弃之前看好的另外一家据说有广州女子当老板娘的旅馆。

　　这真是一次匆忙的旅行。

　　从阿拉恰特先乘大巴再搭出租车再坐大巴终于赶到棉花堡（Pamukkale），随意住进车站拉客的一家旅馆，原因是有免费的土耳其浴，到晚上才知道浴室"因为清洁所以不能用"。这些都不是我们在意的，我们只在意终于不用再迷路，终于在这个阳光明媚的午后脱下冬靴，赤足走在时而温热、时而冰冷的雪白棉花堡上，并且尽赏了一次美丽的日落，又为山顶古希腊人的宏伟废墟深深震撼。

　　第二天一早坐上大巴，四小时后便来到塞尔丘克。坐上大巴，我的同伴才发现，她心爱的羽绒衣落在了棉花堡的旅馆，因此一路郁郁，盘算着该如何才能拿回来。到了塞尔丘克，在车站问了路，对方指着马路对面的花园说，我们预订的旅店就在大树的后面。果然，走过马路，穿过街心花园，便可以看到旅馆的标识，旅

店就在一条安静美丽的小巷里。

　　先到前台办理入住，一进门，曾经只在想象中出现过的所有最具奥斯曼风格的元素在这里层层叠叠地摆放着：桌布、挂毯、坐垫、吊灯、镜子、彩色的盘子、壁画、书柜、火炉、照片、茶壶、各式工艺品……有着无限浓烈的零乱美。老板娘热情地问我们要喝什么，随后端上了我们至爱的土耳其红茶，还顺便说了声"It's free"。

　　同伴急着想请她帮忙打电话给棉花堡的旅馆，问问看是否可以帮忙把衣服寄到我们在伊斯坦布尔的旅馆，又请来几乎和我们同时入住的一对中国情侣帮忙翻译。老板娘很快明白，神情比我们还要着急紧张，立刻打通了那家旅馆的电话。棉花堡旅馆的人说，他们当天刚好有车会来塞尔丘克，可以顺便把衣服带过来。

　　这位大约四十多岁的土耳其女人，面对我们的感谢，依旧热情地一再说："Welcome，welcome."

　　这是一家可以提供餐食的小旅馆，前台和餐厅在一起，而房间则在小巷对面的一幢三层楼里。老板娘带我们去房间，不大的公共空间也一样有着浓厚的奥斯曼气息。上了二楼，穿过一个有沙发与美丽木柜的小客厅，再推开其中一扇门，便是我们的房间。真是美丽啊，两张小小的单人床、一个床头柜、一个梳妆台、一个五斗橱，墙上有彩色的布艺挂饰、绚丽的壁毯，

土耳其旅馆 ▲▲

土耳其的红色绣花长袍，我的床头木柱上还套着一个银色的美丽头饰……家具都是棕色的木头，连椅子的坐垫都充满土耳其特色的绚烂色彩。

这样一个热烈又缤纷、处处是土耳其味道的房间，我们说，要做一个怎样的梦才合适啊。

我们打算去以弗所。老板娘问我们要回来吃晚餐吗？因为老板娘之前的热情友好，于是我们决定傍晚六点回来吃晚饭。当我们游览过丰富壮丽的以弗所，和偶遇的自驾的成都小夫妻一起在渐暗的天色里赶着去膜拜了"玛利亚的房子"，和Tina一起在圣母玛利亚度过她的晚年时光的房子外抒发了小小的感慨之后，我们终于回到旅馆。

餐厅里的餐桌上已经摆好了餐具，看起来都是住客预订的。进门第一眼，我们就看到那件漂亮的羽绒衣已经放在了椅子上。

老板娘表达热情的方式很特别，比如端来一杯白葡萄酒，总是会先吸一口气，然后语调与表情都极夸张地说一句什么；再端来一盘沙拉和汤，也是同样的表情和语调；接来端来的是炖肉、米饭……我们享受着这别致的热情，又不忘感叹晚餐的丰美：总算不用再吃烤肉了。

餐厅里，炉火正旺，我们一直待到很晚。

待其他客人都离开，我们又在餐厅里四处打量，发现墙上贴着不少中文的小纸片，无一例外都是赞美老板娘的热情友好。当然，如纸片所述，我们也得到了一个土耳其风格的眼睛钥匙扣作为礼物，当即便挂在了背包上。这可是可以一直随身带着的温暖记忆。

第二天一早离开，前往伊兹密尔机场飞伊斯坦布尔。我们又问老板娘坐机场大巴的地点，她在地图上把位置详细地标注出来，看了机票后，她告诉我们，八点十分出发比较合适。最后，她又略带歉意地说，明天早上她不在这里，但是她的妈妈会在，旅馆的早餐时间原本是八点，但为了配合我们的时间会为我们安排在七点半。

◂◂ 我们肯定曾经遇见过

离开前的早餐又是一次惊喜。完全不会英文的老奶奶早就准备好了，我们一下楼，她就端来丰富艳丽的果盘与沙拉，水煮蛋放在专用的小杯子里，面包、果酱都好吃得要命。

后来，在伊斯坦布尔的旅馆遇到在德国念书的上海姑娘小米，听闻她也打算去塞尔丘克，我当即翻出 Homeros Pension&Guesthouse 的预订信息，告诉她一定要住这里。

为什么一定要住这里？除了老板娘的热情亲切，帮忙找回羽绒衣，房价很亲和，餐食丰盛美味，地理位置极好……一定要住这里的最重要的原因是，这家小旅馆完全符合我对旧时奥斯曼帝国的想象，那些色彩绚丽热烈的装饰与烛光全部都在唤起我对这个古老国家的热爱，浓厚饱满得像一个不愿醒来的美梦。

土耳其旅馆 ▸▸

故事 ▶▶

写在地球表面的情书

我有一个"出柜"的闺密,作为多年老友,我见过她很多次这样向新朋友介绍自己:"我姓姚,叫远东方,我是满族。"每次听到她这样说就很想笑,我才不管别人都叫她"东方姐",我还是依着性子,一直"遥远遥远"地叫她。

两个一直单身的资深文艺女青年,想着反正也许这辈子指望不上什么男人了,终于在三年前的一天,决定正式宣布"出柜"。我们甚至还在微信朋友圈正式发了公告,以示此事的重要性。可是所有的朋友都不理我们,都认真地认为我们只是在开玩笑。当然,我们自己也很快就起了"内讧",在到底谁做男人谁养家这个问题没有达成一致。最后我耍赖说:"谁胸大谁是男人!"

她一怒,又做了一个决定:这柜出不了。然后我俩哈哈大笑,又开玩笑说,既然宣布了就还是出吧,反正也许有一天还是会有好男人来爱我们的。

好容易有这么一个"出柜"爱人,当然是要写情书的。

我写给遥远的第一封情书,是在 2012 年 12 月的南极。

◀◀ 我们肯定曾经遇见过

那天我们在奇幻岛上登陆，无意中看到雪地上刚好有一块小小的心形，便停下来用手指在那颗心里，写下了"东方"两个字。你知道，写"东方"完全是因为笔画少不占地方，然后我坐在那颗心和她的名字旁边拍了一张合影。作为"出柜"爱人，我对她发的一个誓言是："以后去任何地方，都要写下你的名字。"

这便是两个神经病文艺女青年表达恩爱的方式，每一次拍回照片，她都要喜滋滋地转发一次，每次她都会说，前世她一定是我的情人，她有多爱我。

后来，我去尼泊尔，在小飞机上看到喜马拉雅雪山，便在那张照片上的雪山与白云间写下了"遥远"。我在微博上发出来，配了一句"喜马拉雅雪山的情书"。那位写过《荷塘月色》《最炫民族风》的张超看到了，说这可以是一首歌的名字。我便笑嘻嘻地催人家赶紧写歌。

我去了很多很多地方，每一次都会在某一张照片上写下"遥远"两个字。我觉得，如果有一天真的走遍了全世界，那么这些照片就是写在地球表面的最深情的情书。

可是，还没有等我走得更远，作为广州风眠艺术空间的掌门人，遥远在2014年春天，发起了一个名叫"版画漂流"的艺术计划。她的计划是宏大的：将版画家康剑飞的一大块版画作品《林雪》分成400小块，由不同的人带去世界各地，"漂流"回来后要做一个展览。她说，这是她做的第一个独立艺术策划作品，她想让更多的朋友了解版画，让艺术这种东西成为旅行或生活的一部分。

我也领了一块——52号版画。我喜欢520这个数字，而5月2日，也是遥远的生日。

其实我完全是冲着闺密才去参与的，我带着52号版画去了尼泊尔、越南和摩洛哥。2014年9月还把它带去了德基金支教的重庆酉阳县丁

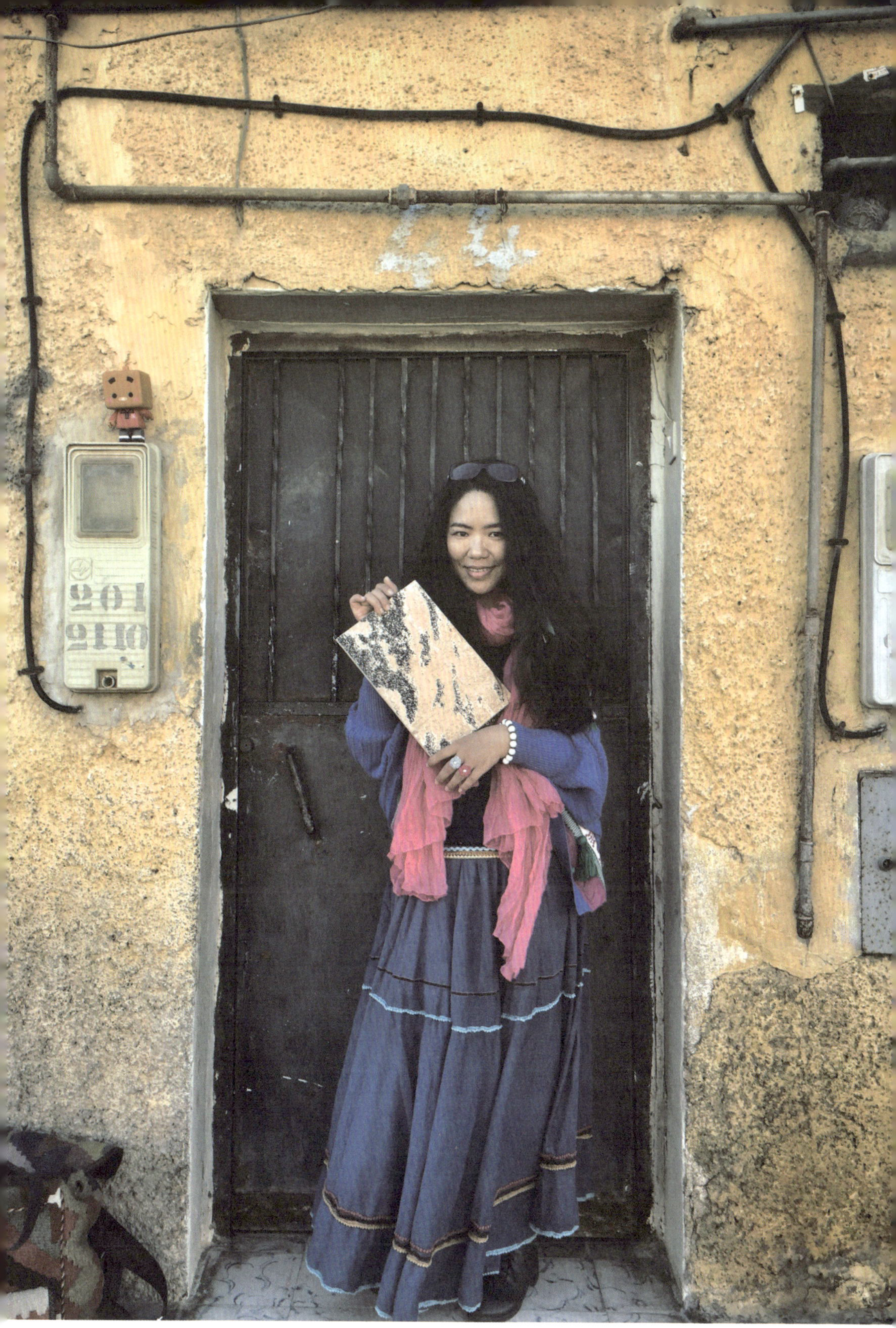
201
2110

◀◀ 我们肯定曾经遇见过

市镇溪口村基点小学，那块版画就在学校操场上由那一期支教的德先生们共同完成。而400块版画中的23块，也由德基金带去了黑龙江、福建、重庆、四川等四所支教小学，由这四所学校的学生轮流完成。这也是"漂流"的一种。

其实在这个过程中，我并没有抱以巨大的热情，我心里的真实想法就是为闺密的艺术计划捧个场，顺手做能做的事情，不算麻烦。当然，我带着版画出游的同时，也没有忘记专门写给遥远的"情书"，尤其是去撒哈拉沙漠，去三毛、荷西住过的小镇阿尤恩。

我捧着那块52号版画站在阿尤恩金河大街44号门口拍照的时候，我突然理解了遥远做这个艺术漂流计划的意义。每一块版画都是故事啊，与每个参与者的某个人生阶段有关，好比我就是在三毛家门口被人爱上，那么从这个意义上说，那块52号版画其实也是一个见证。

去年7月31日，版画漂流计划的展览正式开幕，无数朋友从四面八方赶来，因为这都是他们参与其中的艺术作品。版画本身是艺术作品，参与也是。这个艺术计划让所有人惊叹，尤其是那些学院派，他们赞叹地说："从来没有想过艺术可以这么搞。"

而我，还有更多参与了这个计划的人一边看展览一边感慨，也只有这么文艺的女青年才能想得出这样的做法，更多人参与也就让更多人传播，并且不同的人都在这其中感受到了意义。

我看到很多朋友的故事：苏静的版画是和80多岁的母亲一起完成的，她说也许未来这块版画会是和母亲的一个联结；卓嘎拉姆和仰霖把版画带进了产房，一起见证了小生命的诞生；有人将版画带去婚礼；有人带去脑癌小朋友看病的医院；有人带去赤道，带去珠峰，带去南极、北极，带去世界各地请不同肤色的人一起来参与……对比自己的"随意"，我有些许惭愧。可是遥远又说，这个艺术计划是没有边界的，可以用任何形式去完成，哪怕最后我们没有收齐发放出去的版画，这也是计划的一部分。

经由这个版画漂流，我对我的"出柜"爱人有了新的认知，这才是真正的漂在地球表面的情书。那张被红色覆盖了80%以上的世界地图，由400个人在一年内共同完成，让所有人都拥有了一段与艺术有关的人生，多么富有实验性。

当然，我的情书还要继续写下去，虽然很少，一年可能就只能写几"封"。当我在撒哈拉沙漠肯尼亚火山公园顶写下"东方"，在一些美丽的风景照片上写下"遥远"时，我都会觉得，如果能把这情书一直写到老写到死，也可以算是一项艺术体验吧。

只是这个艺术家还是"作"性不改。那次在肯尼亚，我同时在某张天空照片上写了"遥远"，又在火山口地面上写下"东方"。她幸福又激动地解读："这是在提醒我既要心怀高远又要脚踏实地吗？"当下我竟无言以对，却舍不得立刻跟她说实话——其实就是觉得照片好看，真没想别的。

很多女朋友非常羡慕遥远，羡慕她可以收到这样的情书，而我也颇有些得意，为自己开创的这个崭新的"情书"模式。可遥远还是言若有憾，只要我跟她在一起，她就要跟人说："她走到世界上任何一个地方都要写下我的名字，这下坏了，被女人这么爱惯了，什么男人才能超越啊？"

可我还是很得意，作为一个能在地球表面写情书的人，我想的不是自己收到过没有，而是有谁这样吗？

写过，是因为走过啊。

· 行走 ·

三

WO MEN
KEN DING
CENG JING YU JIAN GUO

行走 ▶▶

河对岸 生死间

生命不过是一场生老病死,无常总是贯穿着我们人生的全部,总有一天,我们都必须面对这一切。一直准备好离开与失去地丰沛地活着,那么我们可能真的就只会输给时间了。

当马航在漫长的搜索之后,终于确认了那个不幸消息的时候,我知道,我们又一次不得不面对"生命无常"的考问。

为什么会一直怀念2007年12月的尼泊尔呢?其实原因一直很清楚。因为在那里,我总算摆脱了当时对生死最深刻的困惑,在加德满都获得了一部分释然。

那15天的游荡,很美好。

那15天,我和一对夫妻朋友在加德满都乱晃,去奇特旺丛林骑大象坐独木舟,骑着自行车看远处的雪山和近处的油菜花地,去博卡拉发呆并很小资地进行了两天的徒步,去蓝毗尼朝圣却几乎一无所获,各种任性地狂买。

我纵容自己想要淡忘正在纠结的一切。最后,我们又回到加德满都,

◂◂ 我们肯定曾经遇见过

仔细地感受着这座古城。最后一天，我们去看博达哈大佛塔，然后，我一个人进了烧尸庙。

博达哈大佛塔是世上最大的佛塔之一，也是尼泊尔藏族宗教中心。四处都是转经轮的老人，随意走进大门口右边的一家顶层咖啡馆，喝一杯咖啡，与佛塔身上法力无边的佛眼对视，不由得又一次被宗教的力量震撼。

从博达哈大佛塔出来，过马路，右拐入一条小路，便是通往帕苏帕提纳的徒步路线。沿途看到了不少花园幽深、房屋别致的当地"豪宅"。非印度教徒不得进入帕苏帕提纳神庙，我们也只是在门外张望了一下，而步行五分钟之后，就到了著名的烧尸庙，将要流入恒河的圣河——巴格马提河静静地在火葬台前流淌着。

米饭夫妻不想进去，他们觉得没什么可看的，而且还是烧尸庙。我坚持要去，于是约好集合的时间，他们在附近拍照，等我出来。

我坚持要进去，是因为那时候我最好的朋友果子离开人世不过一个月。她的离开于我是一个巨大的打击，我怎么也想不明白，那么好的一个女子怎么会得癌症呢？那么坚强乐观、一直给人阳光的女子永远地离开了我们，生命定格在那么年轻的37岁。我一夜夜地哭，总是想不明白。

朋友们约我去尼泊尔，其实让我有了一个暂时离开困苦现状的理由。

那么，去烧尸庙看看，心底，隐约地觉得就是应该来看看。

坐在火葬台的对岸，逆着阳光，看着火葬台上正在焚烧的尸体，左边地上放着用黄布裹着的待烧的尸身，右边有人又抬来一具新的。烧尸工把骨灰"随意"地扫进河里，然后从河里舀水上来一遍遍冲洗火葬台。他们在河边洗手，将河水一下一下地朝天洒着，死者所有的亲人最后跨过一堆燃烧的火……

艳阳下，活着的人们若无其事，交谈，观望，拍照，没有人悲号。据说，在烧尸时如果亲人哭泣，会令死去的人无法升天或赎罪。

一个人坐着，心底完全是空的。直到整个烧尸的过程结束，我站起身来，感到心里放下了那块很重很重的东西。

生命不过是一场生老病死，无常总是贯穿着我们人生的全部，总有一天，我们都必须面对这一切。

在烧尸庙，我总算释然了许多，这是无论看什么书都不可能获得的通透。

我还跑去和苦行僧合影，他伸出手要钱，我也笑盈盈地塞给他两张纸币。

仓央嘉措说，世间事，除了生死，哪一件不是闲事？

与烧尸庙一墙之隔，是一所老人院。数百年历史的古建筑里，如今生活着几百名孤寡老人。红砖墙上贴着老人院的海报，据说是由当地富人捐建的。正是艳阳高照的好天气，四处都晾晒着衣服和床单。老人们悠闲懒散地坐着聊天，或是独自静默。门口有个戴着一大串漂亮红手镯的老太太一直笑，热情地和我们说话，但谁都听不懂谁的。给她拍照，她笑得更灿烂了，露出了残缺的牙，皱纹像菊花一样灿烂地绽放。同伴喃喃自语："隔壁就是烧尸庙啊！"这句话把我击倒了！之前我的想法很肤浅，想的只是红颜易老，刹那芳华；没想到生与死就离得这么近。

在一面墙上看到有一张英文海报，那段文字如诗歌一般隽永动人："The eye brings no more tears of smile, a living ladder…I don't know, moves more miles, Grief, now became the bread, darkness, now became the friend…"

人生就是最长的一段旅行，想想有些惶恐，有一天，我们也都会离开啊，只是我相信，我们离开的终究只是现世。

引力波都被发现了，有一天，我们会和另一个时间的我们再次相遇吗？

◂◂ 我们肯定曾经遇见过

　　无常，是我从此记得最深刻的一个字词。很多时候我甚至觉得自己是不是特别冷血，几乎不去想抗争、拼搏，甚至连真正的悲愤都极少。我觉得这个世界就是这个样子，有各种机会和不公平，有人注定要走四方，并且总有一天我们都会离开，也许在很久以后，也许就在下一刻，那么，有什么好去悲愤和仇恨的呢？

　　我越来越只在意眼下的美好、当下的拥有，越来越不想勉强自己，甚至还认真地想过，如果下一刻就没了爱情会怎么样？结论让我自己也很惊心："不会怎么样。"

　　无论怎样，活着还是最重要的，虽然我已经变成一个越来越不怕失去的人。无常一直在，一直准备好离开与失去地丰沛地活着，那么我们可能真的就只会输给时间了。

等风来：在天空和云朵的身边翻滚

　　八年之后，重游尼泊尔。这一次在尼泊尔，居然带着老妈玩了滑翔。多么美妙的一次飞行，脚下是李宗盛唱过的山丘，而蓝色费瓦湖被连绵山丘包围着，像一颗明珠。

　　在加德满都凤凰宾馆换钱的时候，才知道原来滑翔需要预订，时间排到了8月29号，可是那天我们已经离开博卡拉了。心下有些惆怅，想起上一次，七年前的12月，因为在徒步路上好像听人讲没有教练一起飞，当即便决定把滑翔的预算换成了金银财宝。结果，最后还是把最心爱的几样遗落在了酒店的枕头底下。
　　既然这一次都下定了决心，如果还是飞不了，那也只能认了。我对老妈说，我们到博卡拉后再看看好了。

◀◀ 我们肯定曾经遇见过

　　从加德满都坐小飞机飞到博卡拉，也是上一次没有尝试过的。8月底的尼泊尔还是雨季。有朋友提前几天来过博卡拉，那些天几乎天天阴天或下雨，摄影高手老虎同学几乎没有施展的余地，颇有些郁闷。行前我一直在祈祷，希求好天气、好运气，甚至还在微博上说，预感一定会看到雪山。

　　雪山其实好多地方都有，可是因为上一次在费瓦湖边看鱼尾峰的景致实在太迷人、太梦幻，就很没出息地觉得还是这里的雪山最美。

　　在飞机上看喜马拉雅雪山果然和在湖边或山里看的完全不一样。小小的飞机，只有十二三名旅客，其中一半是中国人，并且全部来自广州：一对夫妻、一对闺密、一对母女（我和我妈）。我们在摆渡车上就聊了起来，高兴得不得了，一问大家买的机票价格，我心里就暗爽到不行。

　　其实我们都是通过旅行社买的机票。那对夫妻从广州一路自驾，后来把车扔在樟木，再转到加德满都，只是最近因为中尼公路滑坡，他们和很多走这条陆路的人一样，都是徒步了三四个小时，翻山而来。他们的机票是一个人100美元，其中15美元是手续费。那对闺密的机票是80美元，比较正常。而我们的也是80美元，不过还加上了从博卡拉回加德满都的空调大巴车票。尼泊尔还是没有变，连机票都需要狠狠砍价，从90美元讲到80美元，足足花了我5分钟，再加上无辜恳求的各种眼神……

　　喜马拉雅雪山真的好美啊！在白云和白云之间，是蓝天和雪山。而翻滚着的团团白云，真像雪山的倒影。我妈一直是一个勤劳节俭的妇女，后来我在博卡拉带着她四处找好吃又漂亮的餐馆，吃一餐唠叨一餐，可是对这架小飞机，她的评价很中肯："值得啊！"

　　从加德满都飞博卡拉，要记得坐在前行方向的右手边，因为喜马拉雅雪山就在右边。这可真是小飞机啊，无论左右都是靠窗的，感觉比一辆中巴车还要窄。可人家还是很牛地飞起来了，因为靠近螺旋桨，我眼睁睁地看着那黑色的螺旋桨飞速地转动着，一边看着远方的雪山沉醉，一边还不忘苦苦思虑着，发明飞机的人可真是伟大啊。

当然不久后，我又修正了这个想法，当我脱下滑翔伞的全副安全设备（不知道该怎么称呼它们）时，想的第一件事情是发明滑翔伞的人才是最伟大的。

在酒店入住的时候看到滑翔伞的宣传单张，就顺口问还可以飞吗？结果人家立刻说现在就有，11点出发。

看看时间，我们只有15分钟准备。

老妈在这个时候突然说，她也想飞，可是又怕，非常犹豫，在犹豫中又有强烈的想飞的欲望。我一向做决定都很果断，就马上怂恿她说："那就一起飞吧。都这样了，再不飞，以后更没有机会了。"

是的，这一年老妈65岁了，如果这次不飞，以后，也许都没有机会飞了。

于是立刻交钱，和加德满都报价一样，半小时10200卢比，大概人民币680元左右。于是我们拉着行李箱上楼，简单整理一下，连脸都没有洗，就直接跑下楼。

跑下楼才发现，尼泊尔人的缓慢与不靠谱仍然没有变。前台小伙儿一再说，再等等，再等等。等来等去，酒店终于把我们送到一个滑翔伞旅行社。因为我们是下一批体验者，于是又被告知一小时后再来这里。

刚好是午饭时间，于是和老妈去外头逛了一下，找了一家可以看到湖景的餐厅，点了一大壶尼泊尔奶茶、一份炒面、一份炒饭。想着只有一小时就随意吃点，但是这个奶茶必须要大壶的。七年前我就深深爱上了尼泊尔奶茶，那香浓是最纯粹的尼泊尔的味道。

记得七年前的一杯奶茶，大概10卢比，人民币1块钱。而现在是

◀◀ 我们肯定曾经遇见过

一大壶,在这家美丽的湖岸餐厅,是 120 卢比,大概人民币 8 块钱,两个人要很使劲地喝。

终于有一辆越野车回来了,上一批游客连同教练们都在车上。他们下车,我们上车,一直奔向萨郎科。同车的,除了两个外国人,还有一对重庆来的闺密,她们也是从樟木翻山而来。

博卡拉大概有几十家这样的滑翔伞公司吧,每一车有几个教练就带同样数量的客人,不同的公司有不同的地盘,我们的地盘并不在最高的山顶。看过《等风来》的人千万不要以为真的都要在山上等风来,事实上,只有适合的天气人家才会飞,所以,我们基本上是一到地方,就被分别安排好教练,简单讲一下注意事项,然后就要飞了。

老妈在盘旋上山的敞篷车上(我们坐的类似农夫车,后面完全敞篷)就有点晕了,很紧张,还特意带了速效救心丸,一下车就吃了两粒。她的教练是一位敦厚帅气温柔的日本人,她一再叮咛,要我一定要在她后面飞,她怕听不懂教练说什么。

被她这样一弄,我也有些紧张了。

我的教练是一位很英俊的大胡子。我问他,可以尖叫吗?他哈哈大笑说,可以,做什么都可以。于是我放心地跑去告诉老妈可以尖叫。

其他人都很顺利地飞起来了。其实很简单,伞都铺好在斜坡上,教练带着,几个保险扣将我们和他们扣在一起,再在斜坡上向前跑一二十米,之后就是悬崖。一跑起来,伞就张开,所以并不是下降而是慢慢上升。接下来的所有事情,就交给教练好了,我们只管享受飞的感觉就是。

老妈也非常顺利地飞起来了,整个队伍,我是最后一个。

所有的教练都要我们一直"Run! Run! Run!",跑到悬崖边不许坐下来,只管往前跑就是。轮到我,不知道是被那个安全套子绊着了还是怎么回事,才跑两步居然就摔倒了,而伞已经快要张开了。本来之前还跟我亲密合影的教练立刻就黑了脸,大声将我呵斥一顿,又再让我一直跑一直跑。

于是再试,又摔倒。这回他彻底火了,直接叫我"Go home",还拿我妈做教训我的案例。当然不可能就这么"Go home"啊,于是我扮可怜,下保证,再试。

第三次,还是不行,又被大骂一通。

我自己也不知道为什么会不行,但我想,这是最后的机会了。教练一直大声训斥我,其他助手在一边赶紧又铺好伞。好吧,无论如何不能再摔倒了。

这是非常丢脸的事情。虽然我并不知道危险在哪里,但危险一定是在的。这一次闭着眼跑吧,跑了没几步,真的就飞起来了。

那一瞬,是难以形容的美妙。

这样的飞,当然不同于泰坦尼克的船头,杰克和露丝那样张臂迎风大叫"Flying",我们是真的飞起来,真的在空中。缓慢地上升,看远处的山与湖泊,看脚下绿色的山丘,一道一道的绿深浅起伏着。风呼呼地掠过,被阳光暖暖地包围着,第一次以这样的角度和姿势,打量着我们生活着的这个世界。这算是疏离的一种吗?

教练把一根棍子塞到我的手里,命令我一直举着。这便是勇猛的户外自拍神器 Gopro,此项值 1700 卢比。他的脸总算不再黑着了,虽然我在前面看不到他,但至少能感觉到。其实,他的凶基本是装出来的,就好像我之前的装可怜。

无论如何,在费瓦湖的上空,在这个巨大的彩色的伞下,只有我们两个。我甚至还对着镜头,说了一大通他的坏话,当然,是用中文。坏话还没有说完,突然就有一个快速下降,然后,再缓慢地上升,转弯,回到起飞的草坡上空,再继续往高远处飞……

◀◀ 我们肯定曾经遇见过

这就是自由的翱翔吗?

很明显,我和教练迅速"和好"了,见我很配合他的快降在尖叫,他就在后面哈哈大笑。偶尔回头看他一眼,觉得他真是又帅又亲切,我们在这么高的空中,可不真的就是命悬一线地绑在一起吗?

正陶醉着,一边乱想着是不是应该有一首合适的歌来应景,突然就是一阵激烈地翻滚,身体似乎和地面是平行的,同时也在快速地降落,除了尖叫,除了握紧绳子,只有失重的快感。天知道我把那根棍子握得有多紧,那是稻草啊,毫无意义的,悬空的稻草。

在空中打滚,也是第一次。如此翻滚一阵,在教练得意的哈哈大笑中,我们又飞升起来。

后来在地上看别人的滑翔伞,那可真是刺激啊,虽然那么远、那么高,可还是能感觉到旋转与降落的快速。我们到底为什么想要这样飞起来呢?难道就是为了体验与寻常的脚踏实地的安全感完全不同的飘忽吗?可是偶尔的飘忽,就如同美梦一样,也都是寻常日子的需要吧?

如果在旱季的博卡拉,我们飞到天空还能同时看到连绵的安纳布尔纳雪山,那应该就是最旖旎壮美的梦境了。

降落也是平稳的,把双脚打直,跟着教练的口令,触到地面的时候就跑几步,很容易就停了下来。他继续哈哈大笑着,拍拍我的肩。我也哈哈大笑,和他大力拥抱,心里无限感谢他。毕竟,我人生的第一次飞翔是如此美妙快乐,是和陌生的他一起完成的。

在降落场有很多已经飞完的游客,中国人基本占了一半,所有人都在夸老妈,她的反应是不晕不怕不恶心。我的教练走过来,朝所有人大笑着学我的尖叫,我跑去过拍拍他,大笑着。

博卡拉似乎聚集着世界各地的滑翔伞教练,我觉得对于热爱滑翔伞的帅哥们来说,这就是最好的工作了。更何况,我还听说滑翔伞教练们可以很轻易地与世界各地的美女们艳遇，就连我，在后来回到旅行社等照片的时候，也被旅行社的帅哥们招呼过去，非要给我介绍一位据说来自迪拜的"高富帅"男生。晚上在街头无意遇到这位"高富帅"，他居然认出已经换了衣服的我，握手的时候，他说了句"Come with me tonight"。

所以要去博卡拉，要做好准备哦，艳遇实在是寻常小事，看你要还是不要。而我则高兴地告诉他，我必须和妈妈在一起。

想起有一年夏天和老妈去文莱，因为在蓝色清真寺打不到车，就上了一个热心帅哥的车，他送我们去夜市，又一再说，一小时后再来接我们。我并没有打算等他，而是逛完夜市直接步行去了蓝色清真寺看夜景。正踌躇着怎么回酒店的时候，居然有人大叫Rose，他竟然一路这样寻了过来。当他问晚上要不要出去的时候，我竟然非常无耻地对他说，我要问我妈妈的意见呢。

这事儿自己想起来，都要哈哈大笑。

只要在路上，一切遭遇都无限有趣，有着无限的各种意想不到的可能。

就像在这晴空下的飞翔，那么美，又那么意想不到。

◄◄ 我们肯定曾经遇见过

行走 ▶▶

怀念邓丽君

　　满屋子都是她柔软深情的歌声，突然就想掉眼泪，为这个陪伴我们成长的女子和她的爱情。去清迈美萍酒店怀念邓丽君，就是一个资深文艺女青年的矫情标配。

　　因为一张五天四夜的从广州直飞的特价机票，我们去了之前没有想过要去的清迈。
　　出发前兴致勃勃地想着要去拜县看看，那是一处传说中特别文艺小资的小镇。我甚至还提前订好了拜县的一处稍稍远离镇中心的被无边稻田包围的别墅小屋，打算在那间浪漫舒服的屋子里好好地睡两天，待傍晚凉快了，再跑到小镇去花天酒地。
　　其实清迈适合静静地待着，最好天天睡，睡到不耐烦了，再跑出去玩。但是作为上班族的我只能挤出几天的时间，便又犯了贪心的毛病，一直念叨着："反正要去拜县，反正一定要去拜县……"
　　到清迈的第一天，我就被炎热的苦夏打败了，简直喘不过气来。当晚预订的是古城小巷里的一家精品酒店，想着反正只住一夜。可是当我

◀◀ 我们肯定曾经遇见过

们从热浪里回到并倒在空调房间里的时候,开始一边喘气一边盘算着:要不就不去拜县了,三四个小时的山路,才去住两晚,连豪华些的巴士都没有,要去拜县就只能坐 Mini Bus(微型巴士)……

最后我们决定不去拜县,就在清迈多待一待。

于是在清迈的时间就变得缓慢悠长起来。我们随意地逛着金灿灿的寺庙,并不打算去弄清它们的名字;去咖啡馆一坐就是几个小时,各种矫情摆拍;去素贴山皇家花园一逛就是一天;去丛林里飞了一回,飞翔的感觉真是妙极了……

每天早上我们都会错过免费早餐,然后自己跑出去吃杧果糯米饭。每天出门的时候才去付当天的房费,因为我们也不确定第二天是不是还住在这里。

既然是来度假,其实应该住得好一点。可是天气这么热,我们每天早上一起床,看看窗外明晃晃的太阳,就决定还是不换酒店了。

不过三天后还是决定要搬家,毕竟,那家提前预订的古城外108平方米的酒店套房还是非常非常有吸引力的。

一直到要回家的那天下午,我们才终于想起来要去美萍酒店看看。

我们都是听邓丽君的歌长大的,甚至是听她的歌度过青春期的,所以,文艺的我们都对邓丽君有着异常的依恋与热爱。

记得2009年秋天,我们"四美"结伴去台湾,一路上就是唱着邓丽君的歌,在宝岛台湾疯疯癫癫地玩了七八天。更早一些时候,有朋友的朋友嫁到台湾,朋友最深情的委托,就是请这位嫁到台湾的闺密帮忙去邓丽君的墓前献一束花。

而邓丽君的那首《小城故事》,很多人都说,唱的就是清迈小城。她最终离去,也是在清迈,就在美萍酒店的1502套房。

老牌的美萍酒店当然比不上新近的一些连锁酒店那般美轮美奂,但

邓丽君故居

◂◂ 我们肯定曾经遇见过

是，因为它有邓丽君，便拥有了不一样的气质。大堂、大堂吧、咖啡厅、餐厅，看起来都还是当年的样子，有着老绅士的感觉。前台立着牌子，明确地告诉大家，来这里是可以怀念邓丽君的，但是须付费，有ABC三种套餐，我们直接选了A套餐。

怀念完邓丽君，喝下午茶，消磨掉这个热气腾腾的午后，实在是最好的选择。

在前台付了款，被指引上了15层，便有人先带着我们进了一间影视厅，放了一辑不知道哪个电视台很早之前录制的怀念邓丽君的中文节目。节目采访了大量的美萍酒店员工，大致说的是小城故事、邓丽君如何爱清迈、她与法国小男友的爱情、喜欢喝果汁、喜欢站在那面落地窗前看远处的素贴山……1995年邓丽君去世后，法国小男友保罗每年都捧着花来，在美萍酒店1502门口凭吊，再黯然离开。

背景音乐当然是邓丽君的歌声。

邓丽君也许确实极爱清迈，时常来此度假，而每次都会住在美萍酒店的1502套房。待我们真正走进这间套房，我心里的第一反应是：这才是套房啊，我们住的那个108平方米的套房算得了什么呢？

房间极大，客厅怕是有60平方米或以上，很欧式古典又有着泰国清迈的情调，唯一要命的是在过道处居然有一幅真人大小的邓丽君的喷绘画，类似我们经常在机场或酒店门口看到的那种"欢迎光临"的美人照。房间里无处不在的邓丽君的照片，和满屋子她柔软深情的歌声，让我整个人立刻就绵软下来。这几天来的燥热完全消失了，满心只有一个念头：这是我们爱了这么多年的邓丽君住过很多次的酒店房间呢！

那辑电视节目说，邓丽君喜欢站在落地窗前看远处的素贴山，喜欢清迈有山有水，还说到客厅的那组沙发，说法国小男友保罗时时坐在沙发上，而邓丽君则喜欢坐在那张有脚踏的沙发上，两个人一边喝鲜榨果汁,一边聊天……因为邓丽君曾经特别喜欢那张沙发,以至于拍照时,我竟然不敢坐上去。

而桌面上的那串珠链与鲜花,也有着夺目的哀伤,像白衣服上滴着的血。

身边的人其实早就不耐烦了,嘀咕了一声,说:"这算什么男人嘛,不过是哮喘,居然都照顾不好。"我不知道该怎么回应,只好装作没听见。可是一边又在想,你看你看,她和他在一起,笑得那么甜蜜,爱过,到底是好的。

再细细地看,柔软的双人床床头柜上是她和他一起跳舞的照片,多么快乐纵情。旁边是她的梳妆台,也许很多次他在床头看着她梳妆……卧室里的歌声,一遍遍地重复着:

Goodbye my love

我的爱人再见

相见不知哪一天

我永远怀念你

温柔的情怀念你

热红的心怀念你

甜蜜的吻怀念你

那醉人的歌声

怎能忘记这段情……

我的爱再见,不知哪日再相见。

突然就想掉眼泪,为这个我们爱了那么多年的女人和她的爱情。

必须承认,太过文艺有时候会让我们自己都感到窒息。在那间1502套房里,我长久地沉浸在一种忧伤与柔软之中,很多往事突然而至,一时连自己都不知道该如何收场。好在这时候来了一大帮团队游客,听口

◀◀ 我们肯定曾经遇见过

音来自重庆。他们大声地说话,指着那面窗户说,她在这里看风景的哦。一位大姐还大方地朝我喊了一声:"妹儿麻烦你,帮我拍张照片。"

我认真负责地帮大姐拍了照片,又帮她和她的姐妹一起拍了合影,给她看,她们很满意,又朝我喊:"妹儿,谢谢了哈。"

我彻底从忧伤中解脱出来,拿起包包、草帽,迅速地下了楼,直接来到大堂吧,认真地开始享用美萍酒店的下午茶。

还真是好美味。我甚至还简单地盘算了一下,真心不贵呢。

这就是我们怀念邓丽君的下午茶,片刻工夫,心情的回转是多么迅速与微妙啊。

说到底,我看着窗外艳阳如火的清迈城,一边盘算着是不是去做个泰式按摩,一边还理直气壮地想:不管怎样,我们还是应该回到拥有饱满烟火气的滚滚红尘中去。

与三毛无关的马德里伯纳乌

去马德里，当然应该去寻找三毛的踪迹，可是我们坐上37路公交车去了著名的伯纳乌球场。走向球场的时候，突然冒出一个念头：当年，三毛曾经来这里看过球赛吗？

世界杯小组赛，卫冕冠军西班牙竟然出局了。

想起上一次欧洲杯，从来不看球的我四处凑热闹，一口咬定西班牙会拿冠军，甚至不惜跟人打赌："如果西班牙夺冠，我明年就去西班牙。"

结果，西班牙真的夺冠了。至于为什么要跟人打这个赌，我至今完全没有印象，只是，当我许下那个承诺时，心底划过一丝窃喜，真的要去西班牙吗？待西班牙捧到冠军杯，心底的窃喜变为忐忑的狂喜：这回，真的要去了吧。

而这一回，西班牙居然小组赛出局，我为此输了一顿饭和一套情趣内衣。想起2013年10月，我们在西班牙游荡了16天，有两处地方是必去之处：巴塞罗那的诺坎普球场和马德里的伯纳乌球场。这两个名字，我用了很长时间才记住。

伯纳乌球场商店

行走 ▶▶

　　顺便说一句，我是真不看球，却老是爱和朋友们打赌。伪球迷下赌的依据很奇特：比如德国和葡萄牙，我选葡萄牙胜，因为没有去过葡萄牙；再比如比利时和阿尔及利亚，我当然选比利时，因为亲爱的丁丁在比利时。

　　去马德里，当然应该去寻找三毛的踪迹。

　　年轻时，我们从书里的文字知道了那么多三毛与这座城市的情爱和年轻任性的时光。行前我特意搜了下马德里大学，发现不仅在很远的郊区，并且不能十分确定那所大学是不是三毛就读的马德里大学。再看看行程，马德里只留有三天。塞哥维亚的古罗马水渠必须去，西班牙古都托雷多也必须去，而在马德里的第一天，还包括从科尔多瓦大巴车到马德里的路程，算来算去，时间总是不够。那么，放过具象的马德里大学吧，至少，三毛是这个城市的，几十年后，我们也来了。

　　之后，又在托雷多和购物村之间狠狠地纠结了一阵子。最后，我说，购物村算什么，古都托雷多才是最应该要去的地方。同行的人松了一口气，觉得我总算做出了一个最正确的决定。

　　预订的马德里的酒店就在太阳门附近，还在办理入住的时候就问了前台怎么去伯纳乌球场。对方很认真负责地伏在地图上指出路线：酒店出门左转，第一个路口再左转，再左转，到37路公交车站，坐公交车可以直达伯纳乌球场。

　　而这个著名的，1947年12月14日建成的可容纳12万人的足球场，是小贝曾经效力过的皇家马德里球队的主场。网络上的资料是这样说的："到20世纪五六十年代，皇马夺得了六次冠军杯冠军，其中的五次更是连续获得，绝对是一个前无古人后无来者的纪录。12万幸福的球迷，在那个年代，几乎是站着为自己的英雄斯迪法诺、普斯卡仕、亨托们加油助威。1964年，西班牙国家队在这里力夺国家队历史上第一座欧洲杯冠军奖杯。此后，从20世纪末到21世纪初，在重新改进后的伯纳乌，

◀◀ 我们肯定曾经遇见过

俱乐部五年里迎回了三座冠军联赛奖杯，银色的伯纳乌重新成为欧洲足球的中心。"

当我们坐着公交车晃晃悠悠来到伯纳乌球场车站时，一下车就看到前面那座恢宏的银色建筑。当下很开心，因为在巴塞罗那去诺坎普球场时，出了地铁还顶着艳阳走了很长一段路。走向球场的时候，突然冒出一个念头：当年，三毛曾经来这里看过球赛吗？

10月初不是赛季，没有球赛，仍有各国球迷来此朝圣。大家站在同一个能拍到球场名字的角度，以各种姿势拍照留念。此刻，当然是没有旅行团的，大家都在笑着，只需彼此看一眼，就知道是同道。只有我，连伪球迷都不是，却和大家混在一起，只是因为我曾经支持过的西班牙是上一届世界杯和欧洲杯的冠军。我说过，他们拿了冠军，我就要来西班牙。

我们只是绕着球场走了一大圈，又去商场逛了一圈，那些大幅的球星海报是真心帅啊，可是他们这次怎么连世界杯小组赛都没有踢赢呢？

马德里其实应该是属于找寻三毛踪迹的城市。可是我来到这里的第一时间，竟然来到了伯纳乌球场。

那天，离开伯纳乌球场，我们再坐公交车回到市区，走向太阳门广场。广场塞满了各种游行的人群。所有人都有序地在抗议着什么。有一个人爬上那座著名的熊的雕像，还低着头和同伴不停地聊天，无论怎样，我的镜头都避不开他舒服快活的身影。

这样一个城市，这样一个10月的午后：足球，三毛，往事，游行，安静的公交车，络腮胡、深眼窝的帅哥，夕阳里金色的老建筑，露天咖啡馆的Tapas（餐前小吃）……伯纳乌球场只是其中的一部分。

行走 ▶▶

◂◂ 我们肯定曾经遇见过

帕劳假日：去探访一颗美丽明珠的心

　　是的，帕劳很美，这里真的就像曾经想象过的伊甸园。我们一次次跳进海水，一次次地确认着：之前所有和我一样号称不喜欢海岛的人，原来都是因为没有来过帕劳！

　　和三个闺密一起去帕劳，完全又是因为特价机票。
　　两个小时之内，我就吆喝到了慧子、加加和乐乐，迅速组了一个"帕劳要去"的小群。我们自己预订机票和酒店，又在海岛游专家"趣旅网"预订了3199元的浮潜套餐。
　　4月24日一早，我们拎着塞满夏天漂亮衣裙和Bikini(比基尼)的行李箱，揣着护照机票，在澳门登上了飞往帕劳的飞机。是的，帕劳面向全球免签，我们需要做的，就是带好各自的往返机票，证明我们是一定会回国的。
　　从澳门飞行三个半小时就到了帕劳。在"趣旅网"预订的套餐包括了接送机和几乎所有的玩乐游览项目。我们这几个号称走了几大洲的女

行走 ▶▶

人向来都是自行搞定一切，但这次也乐得享受几天完全听从安排的假期。

据说帕劳的旅游公司基本都是台湾人做的，我们的是家叫作"海人"的公司。一出海关就看到不同旅游公司接机的人，问一声"海人呢"，立刻就有皮肤黑亮的帅哥应声。

阿Ben送我们去酒店，一路上各种讲："我们台湾人叫这里为'帛琉'，20年前就有很多台湾人来这里做旅游、做贸易。来这边玩的话就不要想有网络了，你们的手机是没有信号的，你们的酒店应该是没有Wi-Fi的，如果想要用电话或网络，可以去买Wi-Fi卡，但都比较贵。"阿Ben说，来这里最好的事情就是戒掉了游戏。整个帕劳只有两万多人，其中90%生活在本岛，就是你们酒店所在的科罗尔地区。

几个在中国广州生活了好多年的女人对帕劳的人口数字格外敏感，我们对视几下，还是叫了起来："哎呀，还没有我们小区的人多啊。"当下，平时几乎嫁给了手机电脑的我们，对未来这几天没有电话、没有网络、与世隔绝的帕劳假日充满了热切的期待。

我们来帕劳，真是什么都没有准备，除了带着彼此、带着钱。

第二天，导游Leo接上我们以及散住在其他几个酒店的客人，将我们拉到了"海人"的私家码头，然后就是各种讲解和培训。像我们这样的浮潜，最基本的装备就是救生衣和浮潜面罩，在Leo的建议下，我这种只能横渡游泳池的半旱鸭子，还租借了水母服和脚蹼。

第一个浮潜点是日本沉船。二战时帕劳是战备运输通道，这艘当年为日本海军给油舰的"石廊"号，如今绿锈斑斑，自1944年3月30日太平洋战争中被美军击沉后，就一直留在这片离科罗尔岛西南8海里的碧绿的水域了。据说沉船在水深40米处，而当我跃入水中，第一次透过面罩趴在海面上看帕劳的海底的时候，眼前是一派奇异的景象：庞大的沉船似乎就在伸手可触之处，那些锈迹之上的附着物亦是清晰得丝毫

073

◀◀ 我们肯定曾经遇见过

毕现，更多的彩色游鱼就在船体间自在地摇尾游弋……我追着它们，此后很多次的浮潜也是这样地一路追随着它们，完全不记得自己从来不敢在大海里如此放肆地游荡。这才是第一次浮潜，我就已经在水里深深叹息：为什么不早点来？

是的，以前我总觉得，去海岛嘛，不就是海滩边踩踩水捡点贝壳，看个日出日落，游个泳，拍点 Bikini 的艳照再吃点海鲜。如果这些事情是和爱人手拉手完成，就是浪漫得不得了的事情了。

此前，我固执地对此十分不屑，想想啊，这个世界上有那么多文化遗产，那么多陌生新奇的人和事，为什么一定要飞到一个海岛，对着一汪确实非常美丽的海水看书发呆呢？

在帕劳才刚刚浮潜了一次，我就对此感到深深羞愧，为自己因为无知而拒绝体验的偏见与固执。

后来，我们一次次跳进海水，一次次地确认着：之前所有和我一样号称不喜欢海岛的人，原来都是因为没有来过帕劳！

在没有网络的帕劳，我们彻底断了一切想要炫耀的心，但是每天回到酒店仍然需要在手机上记录。比如这一天："下午的七彩珊瑚比早上的玫瑰珊瑚还要迷人。紫、灰、红、绿、黄、白……在阳光映射下的水底变幻着，那些柔软的珊瑚虫的肢体，一直在蓝色的纯澈里自顾自地铺展着最极致的美；而同样艳丽缤纷的鱼们，在珊瑚间四处游走，又因为有阳光透过海水，在它们的缤纷之上增添了透亮迷离犹如梦幻般的光。喜欢一个人稍稍远离人群，故意让呼吸沉重，感觉就像电影里的画面和音效，整个世界就只剩下眼前的美和自己的呼吸。"

还有其他一些时刻的记录："下午去了鲨鱼海。其实不光是鲨鱼（它们好小），还有身上有三道纹印的印鱼，还有一种专门在鲨鱼嘴前导航的鱼，据说因此为自己求保护，而鲨鱼需要它们则是因为鲨鱼的视力太差。这是自然界的生物自动形成的链条，多么神奇。这种名叫黑鳍礁鲨的鲨鱼很小，一般是 1.5 米至 3.5 米，而我们浮在水面上看，就觉得它们更小了。所有的鱼都很和谐，看不到谁要吃谁，或谁在逃命。然后去看巨型砗磲贝，据说是帕劳国宝，在千万年前就是这般模样。只认得神仙鱼，另外有一种五彩斑斓的鱼引着我一路跟随，不由得想起了美人鱼，在这么美的海底，也还是寂寞啊，为了去看海上的人类的世界，她遇到了爱情，最后丧失了生命。

300 年的寂寞的生命，最后化成了蔷薇泡沫，那也是值得的吗？我们在这里玩了很久，Leo 还抓着我和慧子沉到了下面。乐乐后来问好玩儿不，我说不好玩儿，因为蛙镜进水了，还被海水呛了。

中午在一个叫长滩岛的无人岛午餐，昨天午餐的小岛叫曼妙岛，长滩岛因为沙滩连接着相邻的小岛，有着长长的洁白沙滩而得名。仍然是一个美丽的小岛，被层次丰富的碧蓝海水环绕着，沙子纯白，捡了一小块珊瑚和一粒小纽扣一样的贝壳，表面有一朵细致的小花。我们在树下坐了很久，艳阳、海水、沙滩、野花、茂密的树林，都是想象中的伊甸园。

亲爱的，帕劳很美，才两万多居民，一切都是从容的、缓慢的、简单的，我觉得这里真的就是曾经想象过的伊甸园，有最安静纯净的空气和美景，生活尽可能地简单，欲望尽可能地少，不闻世事不理天下，只管心平气和地男欢女爱。

是的，这个太平洋上的小小岛国，就这样深深地打动着我们，还没有离开，我们就已经打算以后还要再来。我们还要去深潜，还想去看更深入更美妙的海底世界。而在浮潜的最后一天，我当晚的记录是这样的：

"今天我们回来得很早，早上去了三个地方，午餐在一个叫玛吉的小岛上，又玩了两个小时。看了好美丽的脑纹珊瑚、玫瑰珊瑚，还有小丑鱼，砗磲贝藏在珊瑚石里，游近了，就慢慢将艳丽深紫的贝唇收起来……后

帕劳长滩岛 ▲▲

行走 ▶▶

来还去了导游的私家无人海岛，抓到好大的海参、海星，那深蓝的海星可真好看。这一天，我们在海里跳水，只管将身体交给大海，慢慢在蓝玉一样的海水里游走。这片碧绿幽蓝的大海啊，正午时分，只有我一个人……"

是的，那个艳阳的正午，不会游泳的我一个人在海水里来回走了很久很久。加加在岸边发现了灯笼果，她摘了一堆给我们，那艳红饱满的果子，让我们每一个人都想去咬一口。

帕劳的每一处都令人惊艳赞叹，相比更有猎奇意味的牛奶湖（海底有纯白矿物泥，涂抹在全身据说可以养颜）和蝙蝠汤，我们更爱的是那些纯粹清澈的海底世界。当成群的黄尾乌东鱼因为一点面包屑而将你紧紧包围时，它们身体上那些让人迷醉的艳丽近在咫尺，甚至伸出手就可以触碰。这些一再地让我们坚信，海洋真的与我们此前去过的很多很多陆地上的世界文化遗产和陌生新奇的人与事都完全不同，它同样值得我们一再地探索。

而帕劳最著名的黄金水母湖，因为生长着全球唯一无毒的水母而令所有人都痴醉。从湖岸边慢慢游至深绿的湖心，眼前粉橘色的水母渐渐从远而近，越来越多，越来越密集，看着它们半透明的伞状身体在水里跳跃着、飘摇着，是另外一种奇异景象。我将一个水母握在手里，细细地研究它的身体构造，九只触手经由接近透明的小小带状的物体与伞状的身体相连，看起来是那样脆弱，却又美得格外诡异动人。

帕劳就是这样一个奇异的地方，几乎从未经历过自然灾害，又是这样丰茂，一平方公里平均只生活着45个人，这样的数据于我们是不可思议的。

我们结束了所有浮潜项目后，Leo又带我们去了北岛的大瀑布。北岛只有全国10%的人口，却占了大部分土地，一路几乎不见人与车。

◀◀ 我们肯定曾经遇见过

因为帕劳被美国殖民过 50 年，所以很多法规包括政府机构都和美国一样。比如曾经的 16 个部落成为现在的 16 个州，北岛就有 10 个。我们开车经过的环岛公路。一会儿就会看到一个州的路标。Leo 说，他曾经去过最小的一个州，只有 24 个人，爷爷州长，爸爸议员……一半的人都是政府工作者，拿工资，一周会有一次乘船去本岛采购生活用品的机会。而我们在路上能看到的农作物，只有芋头。据说当年殖民时期种过大量椰子树，后来独立了，人们都不愿意种，因为觉得那是奴隶才做的工作。

只是经历了六天五夜，明珠般美丽的帕劳已经唤起了我们对海岛的热爱和反复的向往。我们在一个清晨坐上四人座小飞机，在帕劳的上空经历了雨雾晴岚，经历了两道彩虹，俯瞰了曾经只在图片上看过的珊瑚环礁，俯瞰了前几天浮潜过的所有小岛与七种颜色的海水，俯瞰了一艘快艇在水道上划出美丽的白浪……我们叹息着，又一次为之前的狭隘固执而羞愧，同时又感觉到了深深的庆幸，毕竟，我们到底还是来到了帕劳，这个被称作"上帝的水族箱""彩虹终结的地方"的美丽海岛。

除了潜水，帕劳还有什么吗？我们对这个没有军队、没有红绿灯、汽车限速 40 公里、随时可以在海边仰望美丽星空、所有物品需要进口、只有两所中学和一所社区大学，有着 1500 多种鱼类、700 多种珊瑚与海葵的帕劳共和国，充满了单纯热烈的爱，直至站在帕劳自然博物馆边的男人会馆门前，我们又对这个仍然维系着母系氏族传统的小国充满了更多好奇。

想起之前看到"男人会馆"这几个字时的歧义想象，我们笑起来，觉得这个尖顶的绘着帕劳图腾和各种象征含义的木头建筑，作为男人们受了委屈来此倾诉、哭诉的地方，实在是帕劳最温情的所在。

行走 ▶▶

粉红清真寺：你的信仰在哪里

人人都说，在伊朗有很多禁忌，尤其不能随便拍当地女性。可是在这里，她们年轻的面孔上满是好奇。我在她们关于信仰的询问中迅速败下阵来，因为，我真的不知道该如何回答。

计划春节去伊朗，在地图上看啊看，怎么也舍不得放过土耳其。只得夯着胆子，将假期延长到17天，然后，将假期平均分配给了这两个国家。知道这个做法很不资深，可我还是能找到理由说服自己：少去几个地方，慢慢玩。

于是，设拉子便成为伊朗八天行程里重要的一站，我们计划要待三晚。

为了节省时间，我们还买了德黑兰到设拉子的机票，10小时以上的大巴缩短至70分钟的航程。不想航班延误了近两小时，抵达设拉子机场的时候，已近傍晚。心下便惆怅起来，这一天，只剩下一个晚上了。

从机场往外走，对面走过来几个高大的伊朗男子，听到其中一个小声地在问要不要搭出租车，我们便停下来回头示意我们需要，然后，他便成了我们进城的司机。

司机很年轻，英语很好，为了照顾我们，说得很慢，发音很准。我

◂◂ 我们肯定曾经遇见过

们很快就随意地聊起天来。他还翻出手机里的照片和与一个中国姑娘在家里跳舞的一段视频，深情地说这是他的中国女友，夏天的时候他可能会去中国找她。快到旅馆时，他问明天要不要租他的车去玩。我翻出手机里的穷游锦囊（彼时还没有伊朗的《孤独星球》中文版，那一年大家基本都是按照穷游锦囊的建议玩），对照着和他落实了第二天去波斯波利斯的路线景点与价格，约好第二天早上八点半，他来旅馆门口接我们。这一晚的旅馆也是他推荐的，本来想去另一间，但看看他推荐的也在"穷游锦囊"推荐之列，便跟着去了。他嘴里说的"very cheap"的旅馆标准间，30 美元，含早餐，含 Wi-Fi。

临别时他再三叮嘱，不要迟到，中国女人喜欢迟到的。我们回到房间后说起这个，好一阵大笑，这下我们都相信那个女生是他的女朋友了。

在说好的包车路线里，来伊朗怎么可能不来设拉子呢？来设拉子怎么可能不去粉红清真寺呢？那样一个出现在无数宣传页面的建于 19 世纪的清真寺，他们说因为日照的关系最好要冬天去，当清晨的阳光透过彩色玻璃窗映射进来时，整个清真寺便是美如梦境的粉红色了。

设拉子一直是一座玫瑰与夜莺之城，更是诗人萨迪和哈菲兹的故乡。公元 10 世纪，设拉子便是波斯首都，18 世纪曾为赞德王朝首都。早在 2500 年前，波斯人居鲁士便以此为中心创建了古波斯帝国，彼时的首都就在我们要去的波斯波利斯。

这一路都在看天气预报，总期待着能在曾经的古波斯帝国遇到一场大雪。这一天清晨的云层相当厚，我们还是迟到了三分钟。从旅馆到粉红清真寺，车程不到十分钟，我们急切地冲进去。门口有一处简单的售票房，门票三万里拉尔（约六元人民币），是在伊朗这一行最便宜的票价。

这座名叫莫克的清真寺，因外墙彩釉色彩中以粉红色最为出挑，所以被所有人称作"粉红清真寺"。之前看过好些照片，只是在别人的照

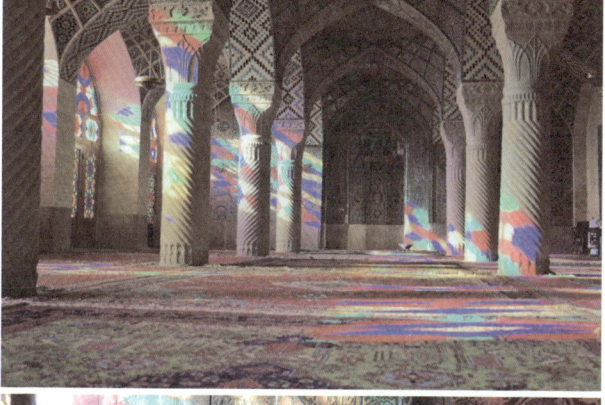

行走 ▶▶

我们肯定曾经遇见过

片里，便已足够心驰神往。于是这一天，我们直接走到祈祷大厅门口，让自己直接置身在那些梦幻迷离的光线之中。

事实上，这一天的阳光并不好，偶尔透过云层的阳光，再透过朝东的彩色玻璃窗，还是将一片迷离梦幻洒在我们身上。这真是一次遗憾颇深的造访，可是我们不得不离开，因为还有一整天的行程在等着我们。不过我们一转头就不在意了，因为我们还有明天和后天呢。我和童童商量好，第二天或第三天去坐大巴之前，无论如何要再来一次。

我们果然在曾经的古波斯帝国的旧都遭遇了一场暴雪，回城后还找了家裁缝店做了一件当地妇女穿的长袍，甚至还跟着司机去了朋友家冒险喝了一顿酒，第二天一整天都在设拉子各处游晃。等到要离开的清晨，一看天空晴好，两个一向热爱睡懒觉的女人，竟然拖着行李箱直接打了一辆出租车去了粉红清真寺。

这一天，清真寺祈祷大厅门口放置的鞋子不算多，却老远就听到很多欢声笑语，心下嘀咕，难道又是国人。一进去，只见满眼的长袍与伊朗美女的明眸与红唇，还是高中女生的她们大方地摆出各种Pose（姿势）让游客们拍照。而冬日的阳光正斜斜透射进来，将玻璃窗无比绚丽的彩色投射在同样绚丽的地毯上，投射在白色的雕花石柱上，投射在彩色的瓷砖上，投射在我们和她们的身上。这是我所经历的最迷幻的一个清晨，光线经过奇异的整合形成了如此迷离梦幻的景象，而身周充满了伊朗美女快乐的笑声。

人人都说，在伊朗有很多禁忌，尤其不能随便拍当地女性。可是在这里，她们年轻的面孔上满是好奇，她们是那么爽朗。在为其中一个小姑娘拍了照片之后，我终于被她们包围了，其中一个是她们的老师。她们有层出不穷的问题，比如：来自哪里？多少岁？结婚了吗？

后来，老师开始和我探讨起信仰，她问我的信仰是什么。看我一脸

粉红清真寺里的少女们 ▲▲

◂◂ 我们肯定曾经遇见过

茫然，以为我没有听懂，便开始举例，说她们自己信奉伊斯兰教，每天会读经和祷告，会戴着那样的头巾。

很快，我就在关于信仰的询问中败下阵来。在如此绚丽迷离的粉红之间，在同样戴着头巾甚至穿着刚刚定做好的伊朗长袍之间，我应该怎样去回答她们呢？我应该说，中国人大多信奉佛教，无数寺庙里供奉着观音与佛祖还有金刚、土地爷爷以及送子娘娘吗？可是就算英文很过关，我也不能流畅地这样告诉她们，因为对比这个虔诚的伊斯兰国家，我们的信仰真的能算得上真正的信仰吗？真的能够无时无刻不给予我们充分的精神力量吗？

好在很快，她们被其他中国游客包围了，那些摄影发烧友们指导着她们这样那样，用中国话喊着，她们都能明白。我在一旁看着，努力让自己沉醉在清真寺的粉红里。

是的，冬日的阳光让这一刻充满了无限美丽迷离。我那样羡慕她们，这么年轻的生命，无论面对怎样的禁忌，她们也是朝气的、美好的，对外面的世界充满了好奇。

是的，她们在伊朗长大。

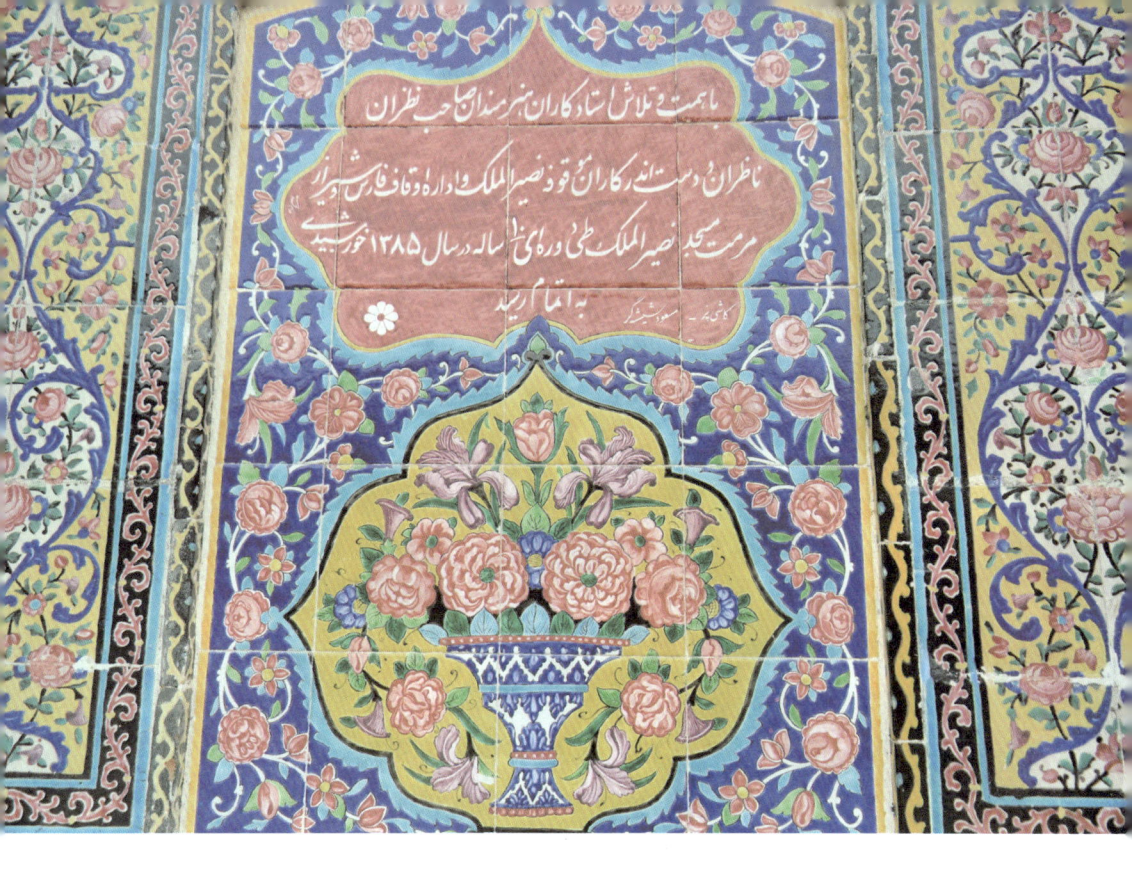

在伊朗喝酒

他们兴致高昂地铺开吃食，教我们如何将不知名的烈酒兑上类似奎宁水的饮料，又将薯片蘸上酸奶举到我们面前。如此这般饥肠辘辘又毫无情调地喝酒，如果不是因为在伊朗，怎么可能啊？

那天清晨，在伊朗设拉子，我们并不知道这一天会如此丰盛，更不知道，我们会在这天晚上犯了一个伊朗的大禁，两个女人竟然胆敢跑去陌生男子的家里，喝了一次可能惹下重罪的酒。

离开粉红清真寺再次上车，才算正式开始今天的行程。司机 Mia 偶尔和我们探讨起单身的好处，对比着中国和伊朗的物价，他总是一副好像很了解中国的样子。窗外的风景渐渐苍凉起来，远处连绵的山脉有积雪，更多的是裸露的石头。这一天，我们包车是要去建于公元前 520 年

◂◂ 我们肯定曾经遇见过

又于 200 多年后就被毁掉的波斯波利斯。这一线还包括帕萨尔加德、波斯帝陵和萨珊浮雕，因为没有公共交通，所有行程都需要包车，2014 年春节时的价格，是 50 美元一天。

这一天，如愿经历了一场暴雪与废墟的游荡。回城的路上，Mia 问我们想不想去喝一杯。作为严格的伊斯兰国家，伊朗明文禁酒，我甚至还知道被发现会坐牢。作为一个酒量奇差的人，在人家这随意的一问之下，竟忍不住想要尝试一下破禁的欢愉。

行前看《我在伊朗长大》，电影里有一幕让我印象格外深刻：小玛嘉·莎塔碧跟着父母和奶奶参加聚会，回程遇到警察的盘问，爸爸妈妈应付着警察，而她和奶奶飞奔回家，将家里的存酒全部倒进了马桶。

是的，哪里有禁忌，哪里就一定有破禁。

Mia 带我们去了遥远郊区的一个朋友家。到的时候天已经黑了，一是因为离市区真的好远，二是因为 Mia 说酒要七点以后才能准备好。于是，他先带着我们在城里逛了一圈，去布店买布定制伊斯兰长袍，去帮我买伊朗当地烟，去买伊朗当地的音乐 CD。我的羽绒衣在暴雪中完全湿透了，他一边开大暖风，一边将外套脱给我，然后自己就穿一件单衣，这里那里地走着。

一项一项办完，我们还抽空在雨中隔着玻璃窗看了一眼水烟店。Mia 说，这里严禁女人进去。我们只好窥视了一小下。当他带着我们终于到了朋友家，刚进门我就在心里默默叹息了一声：怎么这么穷？

这个年轻的伊朗男人的家，其实是一个生产汽车小配件的工坊。要从零乱暗黑的工作间爬一段很陡的楼梯，才能到他铺着地毯的卧室。屋子里很简陋，连床都没有，想来他就是睡在地毯上的吧。

在我之前的想象中，以为我们会去一家地下酒馆，有着嘈杂的音乐、迷离的灯光、乌烟瘴气的空间、堕落的眼神和面孔、甚至还会有点暧昧的对望……

　　在这天游览的途中，一再偶遇北京来的 EVE 小夫妻。在波斯波利斯大雪中的废墟里，我还跟他们说，晚上我们的司机会带我们去喝酒。EVE 立刻呈现出无比向往的表情，她说，他们的司机是旅馆找的，是个老头，一路沉默尽职，酒是不指望了。后来又听她说，那晚他们去了我们曾经去过的美丽的浴室餐厅，无限亲和的价格让她"彻底有了草根公主的感觉"。

　　收回思绪，只见他们已经兴致高昂地铺开吃食，拿出酒和酒杯，教我们如何将不知名的烈酒兑上类似奎宁水的饮料，又将薯片蘸上酸奶举到我们面前。当时有一个念头，想如果是在我们国家，大酒还不得配大肉？如此这般饥肠辘辘又毫无情调地喝酒，如果不是因为在伊朗，怎么可能啊？

　　我们拿出随身带的中国大红袍，郑重其事地用两个好容易找出来的玻璃杯洗茶泡茶，倒出清亮的茶水，告诉他们可以喝了，没想到他们竟然不可思议地哈哈大笑，一口都不肯尝试。好吧，伊朗人喝的茶，都要用郁金香杯，最好还要配上清甜的黄冰糖。

　　他们手机上放出的伊朗音乐在小小房间里缠绵地响起，Mia 跳起舞来。我们也被拉起来与他们共舞。伊朗音乐、昏黄的灯光，还有酒精的作用，我很快就觉得仿佛要醉了。一直笑一直闹，用手机拍了很多视频，拥舞的时候，Mia 轻声在我耳边说："吻我。"我一笑摇头，他也就一笑而过。那一刻，我恍惚中似乎知道了 Mia 的"中国女友"的来历。

　　空气中好像充满了暧昧的危险，我们小心地提防着尽量少喝，却已经被烈酒搞得面红耳赤、心跳加速。当我们说想要回旅馆了，Mia 立刻站起来，说送我们回去。我们松了一口气，站在告别的大门处，一直忍着头晕的我竟突然晕倒在地。

◀◀ 我们肯定曾经遇见过

　　只是很短的一瞬，就那么突然失去了知觉。后来童童一直追问到底怎么了，她以为我只是不小心摔倒了。可是我一直清晰地记得，我是在他们一声声的叫唤声中才恍惚着醒来。一醒来，我的理智就全都回来了，立刻站起来，一再故作镇定地肯定："我很好。"

　　不过，即便真的醉酒，我也还是牢记着 Mia 说过的，任何与酒有关的场景都不能拍照。因为，出关的时候我们的手机和相机都有可能被检查，如果被发现，照片能够通过定位来确知喝酒的地方，他们就会被警察抓去。于是，那些喝酒的照片，我在发到自己的邮箱之后便立刻在手机里删除了。

　　就让一切都如同做了一场春梦般，了无痕迹。

　　无论如何，能够在如此短暂的伊朗旅途中，深入人家家中，冒着"被警察抓"的危险，又歌又舞又是酒，想想啊，还是有些得意的。只是第二天早上，我们和 Mia 彻底闹翻了。因为酒后沟通出错，我们只想让他

行走 ▶▶

带我们去取定做的伊朗长袍，而他误以为我们会包车一整天，最后他开了一个包车取衣的天价，把我激怒并引发了一顿争吵，最后自然是不欢而散。在设拉子天堂花园的门前就此别过，后会无期。有一刹那我陷入了巨大的疑惑：这是昨天那个无限亲切地帮我们拍照，借我外套，和我们载歌载舞一起喝酒的伊朗男人吗？

　　人与人之间的关系真的很奇妙。

暴雪中的波斯帝国遗址 ▲▲

行走 ▶▶

波斯波利斯：暴雪中一脚踏进 2500 年前

无论帝王们曾经多么雄壮威武、傲视万物，终究也逃不过生老病死，逃不过每个人都必须面对的死亡。就好比今天，最终让我们看到的，也就是一抔黄土，还有废墟。

想起来，在伊朗设拉子游览粉红清真寺和去陌生人家喝酒之间，其实还隔着一整个白天，我们经历了一次奇异的正午光线，一场突然而至的暴雪。

说起喝酒那段，曾经被一些朋友批评过，觉得不应该冒犯伊斯兰教神灵或触犯当地法律。我有小小反省，可是又一想，比如《我在伊朗长大》，还有穿越杂志的那篇《越禁忌，越美丽》，有些伊朗人是偷着喝酒的。当下便又有了些许释然，这一切对于作为过客的我们，不过只是体验。

这些体验中，自然还包括那一场在波斯波利斯遇到的暴雪。

路上和司机 Mia 聊起这里好像有很多橘子树，我们吃过的烤肉盘里，通常也会放半个。Mia 说，那个其实不是橘子，很酸。突然他将车停下，下车去路边的树下拾了两个果子给我，说："看，就是这个，不是橘子。"

◀◀ 我们肯定曾经遇见过

把果子放在鼻尖闻,可这就是柑橘的清香啊。看我们不断地整理总是往下掉的头巾,Mia 又温柔地鼓励我们将头巾放下来,说在他的车里这样做是没有问题的。然后他又说起单身的好处是自由,我们问:"那么你的中国女友呢?"他吹了一声口哨,说他们只是普通朋友。

当下我和童童交换一个眼神,心内大声呼叫着:看看,我们的司机多么有趣啊。

出城不久,他去加油。我们在车里看着那一串好容易才辨认清楚的伊朗数字,一换算便吓了一大跳,一升才不到一块人民币?Mia 一笑,说伊朗的物价是很便宜的,包括汽油、房子、食物、衣服……我说,这些在中国大多都很贵。他转头再笑,说:"是的,我知道,我知道很多中国的事情。"

好吧,他所知道的关于中国的事,让我们觉得有些自卑。虽然窗外的景色苍凉,都是荒原或裸露的岩石,看不到什么农作物,可是,人家的物价是那样便宜。

帕萨尔加德是古波斯大流士一世以前的阿契美尼德王朝的首都,由波斯开国皇帝居鲁士主持兴建,这座建于公元前 546 年的帝国首都如今早已是废墟,而居鲁士大帝之墓则仍然孤傲地伫立在旷野上。

来到这里时刚好是正午,看到远处有阳光诡异地撕裂了天空的厚云,透出一丝金黄,而四周仍然是阴郁的苍凉。我们不由得怔住了,相信这座沉睡着波斯最伟大的帝王的墓地,哪怕再过千万年,也是没有人会来毁破的。哪怕当年曾经不可一世的亚历山大大帝,因为他对伟大的居鲁士充满了敬意,英雄自会彼此相惜,尽管他们可能是敌人。

午饭后再来到波斯帝陵,雪片竟然鹅毛般落下,不觉得冷,只是觉得,这 2500 多年前的废墟,正适合这样的大雪纷飞。在陡峭山崖上凿出的这座十字形帝陵,分别属于薛西斯一世、大流士一世、阿塔薛西斯一世和大流士二世。眼前的景致可以称得上雄伟壮观，但无论帝王们曾经多么雄壮威武、傲视万物，终究也逃不过生老病死，逃不过每个人都必须面对的死亡。

而他们的陵墓，现在也不过成为一处著名的景点。

大雪继续飘扬着，我们终于来到波斯波利斯。这场雪，在南方人眼里几乎可以算作暴雪了。我一直期待着能够在曾经的古波斯帝国遭遇一场大雪，让小时候通过书本幻想过的哈里发、阿里巴巴能够覆盖上皑皑白雪，在我看来是一件别致又浪漫的事情。所以哪怕天色多么阴沉，雪风多么刺骨，2500多年前的废墟看起来多么苍凉悲怆，我竟是没有半毫怨气和遗憾，反而觉得这真是无比特别的遭遇。雪花落在我的玫瑰红羽绒外套上，好几次我都细细地看它们，觉得那六角的花瓣美得无与伦比，刚刚好配得上这片壮丽的废墟。

作为伊朗重要的考古遗迹，这片2500多年前的波斯首都废墟仍然称得上宏伟。从万国门进入，依次经过行军道、觐见大厅、大流士皇帝的私人寝宫塔查拉、薛西斯一世的个人宫殿哈迪什，然后是破败不堪却仍然壮丽的百柱大殿，旁边则是财富厅，那里还有一幅生动再现米底贵族拜谒薛西斯一世的石雕。

想象是无敌的，我们在暴雪中仰头看万国门前的石柱，柱头上是巨大的伊朗传说里的神鹰石雕。想象着在2500年前，波斯各地的贵族和外国使节想要拜见伟大的波斯帝王，都要在这里等候，那个觐见大厅当年可以同时容纳一万名各国使节。我在大雪中努力张望着，希望能够辨认得出，薛西斯一世大帝到底是坐在哪里接受众人的朝拜。

很多很多的石像、浮雕、石柱，全部都被持久飘飞的大雪包裹着，拍照都很艰难，因为一伸出手，镜头便湿了。无论如何，还是请了一位当地人帮忙拍照，哪怕只是一张"到此一游"的照片，未来也会让我们

◂◂ 我们肯定曾经遇见过

更加牢记这场暴雪。

那个长相平凡的伊朗男人,并不是那种在其他景点经常会冲着我们大喊中文"你好"的热情洋溢的伊朗人,他只是努力想要帮我们拍得好看一点,递回相机之后,又立刻从衣兜里掏出纸巾给我,比画着叫我赶紧擦擦镜头。他温和的笑成为这个午后大雪里挥之不去的温暖。

都说去波斯波利斯要看日落,通常的行程也是把这一项安排在当天的最后。可是这场毫无征兆的大雪,让波斯波利斯完全没有金色夕阳映照的辉煌,只留存了无尽的沧桑凄凉,让我们比任何一个时刻都更能感受到它曾经的古老与现世的无奈。尤其是与清晨阳光映射下的粉红清真寺的迷幻美丽比起来,这处废墟便更加苍凉奇诡,竟让人觉得可以一脚踏进 2500 多年前的世界。

那个时候,波斯帝国四处遍布黄金、象牙、珠宝与美酒。波斯大帝孔猛雄壮,波斯美女们腰肢柔软纤细,蒙着面纱,在铺满金银与醉生梦死的酒香里,随着音乐跳着曼妙销魂的舞蹈……

在古波斯帝国首都波斯波利斯废墟的暴雪中,我们真正意识到,帝王们无论怎样雄高志远,最终让我们看到的,也只是一抔黄土,还有废墟。

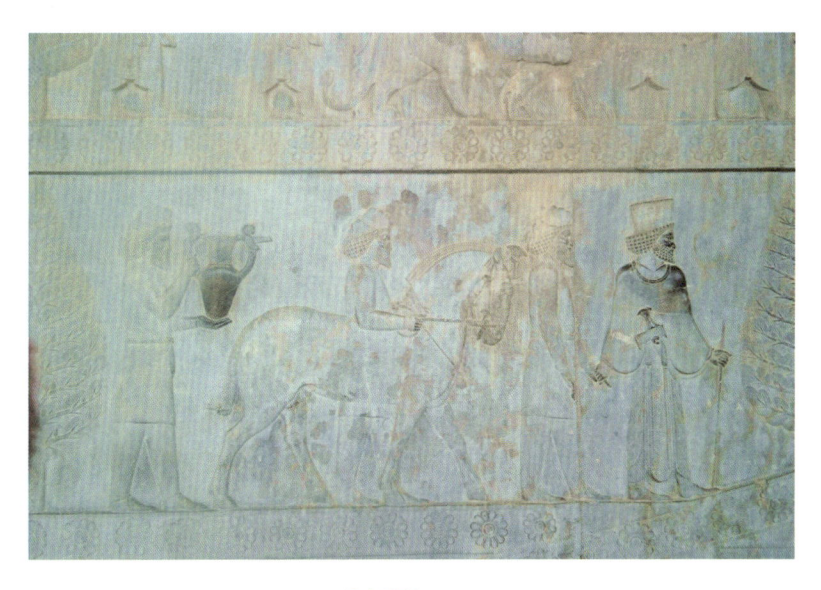

考古遗迹 ▲▲

◂◂ 我们肯定曾经遇见过

我的旋转舞爱人

无比庆幸的是在伊斯坦布尔的第一夜，我便无意中遇到了他。我只爱那个身处烟火气中的白裙的英俊男子，他是那样肃穆与冷峻。当他结束舞蹈经过我的身边的时候，冷峻地扫了我一眼，我分明感受到了一种类似爱情的感觉。

为什么一定要在去伊朗的同时，还想着要去土耳其？

这是一个到现在也没有想明白的事情。反正，当时就只知道，好想去好想去，于是就真的去了。

德黑兰往返伊斯坦布尔的机票，我们选择的是土耳其航空，往返机票含税约 1250 元，比伊朗马汉航空便宜近一半。忍不住又想感叹一句，国外的境内廉价航空是真心便宜啊，伊斯坦布尔到伊兹密尔单程飞行 70 分钟，往返才 300 多元。伊兹密尔是土耳其第三大城市，在爱琴海边上，那里有船可以直航到另一个古国希腊。

而在伊斯坦布尔的第一夜，就遇到了土耳其旋转舞，我就立刻深深爱上，同时爱上的还有那位白裙的舞者。

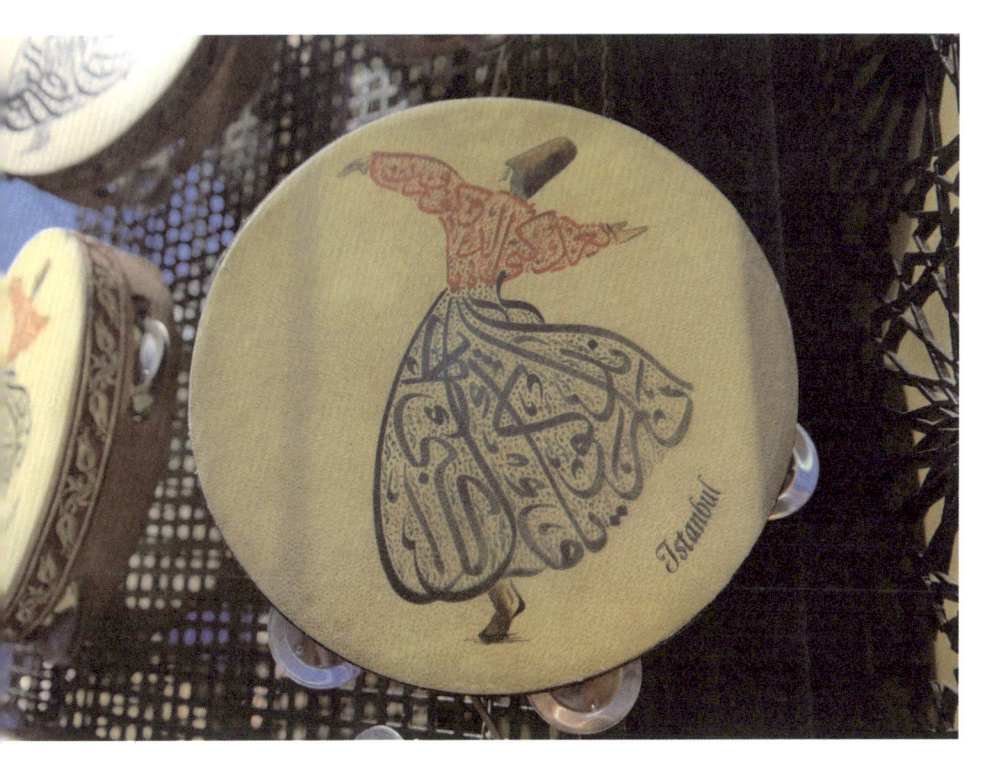

从德黑兰的冰天雪地飞到伊斯坦布尔，感觉就像来到了春天。尤其是，终于可以将包了好多天的头巾取下，终于可以不必再穿过臀的长衣服。我们在机场坐摆渡车到预订好的老城旅馆，满眼都是丽日蓝天，心情好到要飞扬。

将长羽绒服脱掉，将头巾扔掉，让长发头披散下来，风吹来，觉得乱糟糟的真好，或者这就是自由的滋味了。虽然在伊朗只有九天，虽然伊朗那么友好，但总是要小心地去整理头巾，走在街上总是要被大爷大妈提醒包好头巾，到底是压抑。

那个下午和童童约好，我们各自逛逛，然后七点在旅馆碰头，一起吃晚餐。

我们的旅馆就在蓝色清真寺旁边。前台帅哥告诉我们，步行两分钟就能走到蓝色清真寺。

这样一个阳光晴好、可以穿着短外套、披头散发地乱逛的午后，想

◀◀ 我们肯定曾经遇见过

想都叫人忍不住嘴角上扬。走到蓝色清真寺，在祈祷厅门口轻车熟路地脱鞋、包头巾，看着这座朴素的清真寺，心想，其实它还没有文莱的蓝色清真寺美丽呢。可是这不一样，这里可是曾经的奥斯曼帝国啊。出来的时候遇到一对漂亮的小夫妻，他们请我帮忙拍照，我也请他们帮忙拍照，然后不知怎么就聊起来了。说是聊，只是简单地比画，因为他们几乎不会英文。男生指着指间的婚戒，又指指女生，女生羞红着脸笑。我也笑，又和女生合影。都告别了，女生又叫住我，翻开手机里的照片，给我看他们结婚时的婚纱照片。真的好美啊。

当风一次又一次地吹乱我的头发，我觉得真的好爱伊斯坦布尔啊。

随便逛着，去小店看工艺品，看首饰。一家店的店主是个有着山羊胡子的老头，他问我从哪里来，又说我不像广州人，大概是看到我的小辫子，说我很像西藏人。我高兴得很，我说我喜欢西藏。

一个人走到海边，再掉头回来，穿过另外一条小巷子，在一家艺术商店门口用手机连接相机玩了好久自拍。然后，天就快要黑了，想着晚餐的约定，便往旅馆走去。

走过蓝色清真寺，看到旁边有一个巴扎，突然听到一阵销魂的音乐传来，像一波一波轻柔的浪涛，打过来，再打过来，温柔又有力量。忍不住跟随着音乐走过去，发现是一处餐厅，掀开帘子迈进门，一下子就惊呆了。被很多游客和当地人以及水烟、烤肉、红茶包围着的小小舞台上，有一位白裙的舞者正在旋转，随着音乐的节奏，他闭着眼睛，手臂向上，身体微微倾斜着，在迷离的灯光和音乐中，自顾自地旋转着，旋转着……

　　站在人家餐厅的帘子前，那一刻，我觉得灵魂要出窍了。这世间怎么会有如此出尘又优美的舞蹈？

　　好一阵眩晕之后，我终于还是理智地回到旅馆，约上童童坚持要去那家餐厅晚餐，甚至极煽情地说："那个旋转舞啊，会让人魂飞魄散。"

　　于是再去那家餐馆，等着旋转舞再起。晚餐仍然是烤肉、大饼、红茶。我们终于试了水烟，有很香的苹果味。和伊朗所见到的不一样的是，这里的烟嘴是可以调换的，即一人一个，一个抽过了换了烟嘴，下一个接着抽。不像在伊朗伊斯法罕那家茶馆，大家都抽一筒烟，所有人接过来用手擦擦烟嘴就继续。

　　后来再翻穷游锦囊，才知道这家 Mesale Cafe 餐厅闻名久已，只是它紧靠蓝色清真寺，并不靠近索菲亚大教堂；闻名处不在吃食，而在这旋转舞，吃个饭就能免费看旋转舞，还有现场音乐演奏。对我而言，所有的惊喜只在这偶然的遇见，只在这第一眼的惊艳。

　　像花痴一样，看着我的舞者，不停地旋转着，才不管这里是不是餐厅，才不管有没有人懂他的舞蹈，才不管周遭都是人声和烟火气。不要说小彩旗啊，他们真的完全不一样。我想，真是应该爱这样的男人啊，这么神秘，这么英俊，这么出尘。

　　第二天，我们飞伊兹密尔，去阿拉恰特，去棉花堡，去以弗所。三天后再回来，正好是情人节。我对自己说，一定要去再看看我的舞者。

　　傍晚时下雨了，那天逛了皇宫和考古博物馆，只有两个小时逛大巴

◀◀ 我们肯定曾经遇见过

扎。我拖着满满的袋子，在雨中走去那家餐厅，要了一杯红茶，然后又要了一杯石榴汁，坐在最靠近舞台的位置，静静地等着舞者出场。

一样地销魂，一样地出尘。看到他微微有些咳嗽，竟然觉得心疼。

伊斯坦布尔的街头，到处都有旋转舞的影子。我庆幸是在第一夜就遇见了那么美的旋转舞，以至于那一路，似乎每一个转角处都能看到旋转舞。

在旋转舞者们的理解里，他们相信万物无时无刻不在旋转，人的构成分子也与宇宙中的地球和星球一起旋转，人的出生至辞世，从年轻、长大、老去，都是一个循环，是生生不息的，犹如旋转不停。

旋转时右手向上，便是表示接受神的赐福及接收从神而来的能量；头向右侧，表示没有了自我，完全接受神的安排；左手向下半垂，手掌向下，表示将神所赐的能量传于大地及其他人。不停地转，直至转至半昏迷，旋转舞者们认为，那便是他们与神最接近的时刻。

想起在伊斯坦布尔的最后一天，我和在旅馆吃早餐时认识的有兵、小米结伴去科拉教堂，出来后在小店买了一个旋转舞的陶瓷圆盘。有兵和店主略略计较了一下，说这个圆盘有小小的破损。店主挑挑眉，说了句："Nothing is prefect."

那一刻，在微雨里我有小小的震撼。是的，没有什么是完美的。那么，我们生活里还有什么值得去苛求呢？还有什么是一定要或一定不要的呢？

当然，除了我的旋转舞爱人，他是完美的。我一厢情愿地觉得，他是那种值得去谈一场恋爱的男人。只是恋爱，不要天长地久。

在土耳其的最后一夜，我特地买了60里拉的门票打算去看演艺中心的旋转舞表演。有兵和小米陪我找了又找、问了又问，终在开演前五分钟找到。那是一个小时的专业表演，是六个托钵僧舞者的集体表演。

旋转舞者 ▶▶

◂◂ 我们肯定曾经遇见过

观众们被警告,表演时不能拍照,不能鼓掌。于是,那是极肃穆庄严的一小时。我们端坐着,肃穆庄严地看着,可能因为整天都在奔走,疲累竟然涌上来,倦意涌上来,几乎要睡着了。

在那一小时里,我努力想要感受到在伊斯坦布尔第一夜的惊艳与感动,可是没有,完全没有。不知道为什么,我只爱那个身处烟火气中的白裙的英俊男子,他是那样肃穆与冷峻。他结束舞蹈,背对着观众鞠一个躬,然后离开,当他经过我的身边的时候,冷峻地扫了我一眼,我分明感受到了一种类似爱情的感觉。

洗澡 HAMAMI

在那间拥有 300 年历史的古老浴室里，偶尔睁开眼睛，看那美丽的热雾弥漫的穹顶，想着，从 300 年前起，在这个大理石台上就已经躺着各式美女了，那么她们也会如我此刻这般，舒服到想死吗？

还在为土耳其之旅做功课的阶段，就按捺不住激动，心里一直在狂喊：要去看旋转舞！要去喝土耳其咖啡！要去洗土耳其浴！

我是怀抱着这样三个非常具体现实的梦想飞去土耳其的，甚至在棉花堡的车站，听到拉客的小伙子说，他们的旅馆就有土耳其浴，便立刻决定入住。虽然到了晚上，人家才又说："我们在清洗水池呢，得第二天才可以。"

回到伊斯坦布尔，在旅馆前台研究张贴的洗澡信息，再对照论坛上大家的推荐，便决定自己去找，要去就去那间号称是最好的。

◀◀ 我们肯定曾经遇见过

　　从伊兹密尔飞回来，留给伊斯坦布尔的时间，就只有三个晚上。在这短短的时间内，要去逛巴扎，要去看旋转舞，还要过情人节。掰着手指头，算来算去，去洗一个澡还真得使劲地挤时间。挤啊挤，就挤到了最后一晚。

　　本来之前看伊朗马汉航空的订阅号上，有一篇文章提到了古老的波斯浴室，便又是一阵兴奋，很神经地跑去告诉人家要去伊朗洗澡。结果管理订阅号的小编说，现在的波斯浴室都成茶馆了。

　　我只得讪讪地，很不敢伤人家感情地，说："那好，我们要去浴室茶馆。"事实上，我们到设拉子的第一晚，便问了旅馆前台，他们指引我们去了一家波斯浴室改建的花园餐厅。果真，极美，还不贵。

　　土耳其最后一夜，走出看旋转舞的演艺中心，顺着电车的方向，按照地图走向那间据说有300年历史的CAĞALOĞLU浴室，这可是奥斯曼时期的最后一个建筑，是土耳其最大的浴室之一。当下心情既慌乱又空洞，想着第二天一早就要离开，就又要回到现实，又想着已经奔波了一整天，看旋转舞的时候都快要睡着了，想着连行李都没有完全收拾好呢——那么是不是一定要去洗那个澡呢？

　　虽然纷乱地想着，可脚步还是迈向了那间浴室。走到熟悉的索菲亚教堂前的广场，再右转，朝地下水宫的方向走，大概十分钟左右，终于看到CAĞALOĞLU HAMAMI的招牌。路上还问了一个开店的帅哥，他指着前面，又说："等你洗完，我们再见。"

　　呀，你看，土耳其帅哥连招揽生意都是如此风情与暧昧，都不肯轻易地露出商人的面目，充满了脉脉温情。

　　之前当然已经知道土语里HAMAMI就是浴室的意思，最早源自千余年前古希腊罗马的公共浴场。伊斯兰教明喻"清洁是信仰的一半"，因此土耳其澡堂一直就很发达，据说在土耳其每个村落至少都会有一间

行走 ▶▶

◀◀ 我们肯定曾经遇见过

HAMAMI，那里不仅是洗澡清洁身体的地方，更是村民们聚会的社交之处。这次没有机会去土耳其乡间洗澡，我很庆幸，没有因为疲累而放弃这个 300 年历史的土耳其浴室。

　　浴室门口的地上嵌有一块大理石，烙刻着 CAĞALOĞLU HAMAMI 以及"300 yea 卢比 old bath"的字样。300 年，这可真是一个足够长久又足够令人尊敬的时间。推开大门，走下一段两边挂满名人照片的台阶，就会遇到一道门，隐约可以看到半裸的男人们，裹着浴巾在里头走来又走去，一时便有些狐疑：女士的浴室也是这个门吗？

　　前台就在第二道门之后，大叔指着墙上的价目表问我们想要哪一种？单洗 20 欧，加按摩 40 欧，其他还有更贵的。我算了算钱包里剩下的里拉现金，最后还是选了之前就想好的那款——40 欧。

　　大叔指引着我走向右手边的又一道门，穿过一间茶室，再推开一道门，左拐，才是女士的专区。一个被二层小楼包围着的小小庭院，放置着一些桌椅，还有一家专售香皂的小店。等了很久，也没有人出现，又因为困累，便很生气，也不管外面的男人会怎么看我，跑出去冲人家嚷，还质问人家："这就是最好的？"

　　对方连声道歉，又跑去女士门口按铃，大声呼唤至少三次，因为他不能进去，表情比我还要着急。终于，一位穿着黑色泳衣的大姐从浴室走出来，不容易啊，总算有人管我了。

　　她指引我到一个小房间，给我一把小钥匙，给我一条干净的浴巾。放下沉重的背包，脱掉羽绒棉裤，抬头看到二楼悬挂着的一块牌子上写着："1 of 1000 places to see before you die."刚刚还很恼火的心情，一下子就平静了。

　　裹着浴巾走进浴室，看到有几个金发的美女正坐着闲聊。其中一个还热情地问："你来自中国？"看我点头，她便更热情地说她住在上海。

真是人生何处不相逢啊。

一切都跟图片上看到的一样，一间有着美丽圆柱和穹顶的巨大浴室，四周是一个一个的大理石水池和水龙头，中央是一个白色的温热的大理石浴台。大姐去水池处哗哗地接了一大桶水，拎过来，舀一勺热水冲洗了一下浴台，又叫我取下浴巾，帮我平铺在大理石台上，微笑着示意，让我躺下。

彼时已经是晚上九时，我是最后也是唯一一个正在浴室的女客，想着如果在另外的时刻，浴室里挤满了美女，想必气氛也是会有些尴尬的吧？而此时，我真的很累了，便努力让自己放空，趴在浴巾上。大理石浴台真暖和啊，身体的每一寸都开始舒缓起来。

大姐又去接了一桶水，哗啦啦一勺勺地痛快地浇在我的身上，然后用肥皂擦，上下其手，不断地揉搓，连脚底脚丫也没放过。那一刻，真的只想就这么睡过去，睡到天荒地老、海枯石烂，也不要去想明天还要飞回充满现世意义的广州。

洗完背面，再翻个身，继续揉搓正面。接着，再接一大桶水，又哗啦啦一勺勺地痛快地浇在我的身上，又是一通舒服却还不够变态舒服的按摩。竟然想起当年在曼谷玉佛寺，也是疲累到极点时享受的那次泰式按摩。要是把这土耳其浴和泰式按摩结合起来，好好地把每个穴位都认真地恰到好处地按摩一遍，想来那必是极好的。

偶尔睁开眼睛，看那美丽的热雾弥漫的穹顶，想着，从300年前起，在这个大理石台上就已经躺着各式美女了，那么她们也会如我此刻这般，舒服到想死吗？

然后，大姐问："Shampoo（洗头）？"我当然点头。于是又被指引到墙边的水池边，再把浴巾铺在地上，坐下。她则坐在水池边，我几乎是裸身靠在她的胸前了，她将热水哗啦啦地浇在我的长发上，洗发香

HAMAMI 浴室 ▲▲

波抹在头上，又是一顿温柔地揉搓……

最后，大姐说"Finish"，留下我一个人在这间巨大的被白色大理石包围的浴室里，慢慢地一遍遍地冲洗着，让身体和心情真真正正地越来越清洁。

又疲累又舒服又干净地走出来，之前坐着金发美女的大理石台已是空荡荡的。裹上一条干净的浴巾，坐在大理石台上，努力让全身都去感受来自大理石下地热的温暖，是那样熨贴妥当，那样舒服到每一根血管。于是又一次体会到，感官的舒服才是真正的舒服啊。

结束这次舒服的体验，回到小房间，穿好衣服，大姐坐在一边等着我离开，她们早就到了下班的时间。再一次为我之前的焦躁心怀愧疚，而她还不忘塞给我一个小袋子，里面是几块本间浴室出品的香皂，有着浓郁的类似清洁肥皂的味道。我将它们带了回来，于是，我的整个行李箱长久地充溢着那种亲切的、舒服的味道。

最后，我还坐在茶室外面的露天茶桌边，喝了一杯土耳其红茶。奉茶的帅哥问："你从哪里来？啊，中国？好遥远的地方。"他有些羞涩地说他的英语不好，然后就沉浸在他的 iPad 游戏里了。

慢慢地喝完我的最后一杯土耳其红茶，在伊斯坦布尔 2 月的夜空中，清晰地感觉到，我的每一个毛孔都无比清洁，通畅，舒服。

真是一个完美的旅行 Ending（结束）！

◀◀ 我们肯定曾经遇见过

最美的秋日在奈良红叶上寂静流淌

在秋阳里跟着红叶的指引，我们缓慢地走遍了这片优雅清寂的美丽地方，总是被一处又一处偶然见到的景色惊到不知如何是好，那么侘寂，又那么激烈，那么美。

和波尔卡小姐说要来日本，至少说了两年有余，某年年底我们甚至还起了春节去北海道看雪泡温泉的念头，结果我去了伊朗、土耳其，而她不知道去了哪里。这次来日本关西，完全因为我们共同的红叶情结，既然买到了南航直飞大阪的特价机票，为什么不来？

这一次，我们有 12 天的旅行时间，将行程松散地分给大阪、奈良和京都三处。

很多人都将奈良当作京都的顺便一游，便利的 JR（Japanese Railways，日本铁路公司）可以顺畅地实现当日往返，可我们还是决定要在这里待足两天。我们说："奈良，这个名字就是那么美。"

待到奈良第二日，这个古老的日本旧都，我们共同承认，它完全符合我们对秋日关西的想象，或者说，还超出了我们的想象。和波尔卡小

行走 ▶▶

姐是第一次结伴出游，我们几乎患有同样多的毛病，最大的毛病就是在一个极美的地方就只会大喊"好美啊"，并且挪不动脚步。于是，我们在奈良的两日其实只逛了春日大社和东大寺两处，明明还有好几处世界文化遗产就在旁边啊。

即便是这样，我们也满足至极，因为看到一束秋日阳光刚好照在金黄的银杏地上，或是红叶映在寺庙清寂的屋檐上，或是深绿青苔上刚好飘下一片金黄银杏叶，我们都要深深赞叹，都要屏息看很久，都舍不得走。直到五点半天黑，夜凉，我们才慢慢坐JR回到位于王寺的那家百年老屋改建的和式小旅馆。

坚持要住和式老屋子，也是我们共同的决定。

该怎样形容奈良呢？

我们离开略略有些繁忙急促的大阪，一到奈良就觉得神清气爽，看到旅馆那么美就更是欢喜。坐车去奈良逛公园，路边的小鹿那么多，那无辜安静的眼神让人无端生怜。

其实我们真的就是想来看关西的红叶，所以游览最重要的部分当然是京都。可是奈良作为进入京都的前戏，将我们出发前因为赶工作而疲累不堪顾不上细做功课的状态，轻易地调整到了悠然的"红叶模式"。在春日大社看到红叶与银杏的第一眼，就想起了那句"生如夏花，死如秋叶"，这寂静的落满一地的挂满枝头的秋叶啊，美得完全不顾前世今生，像一次最彻底的爱情，毫无保留地燃烧着。

到晚上我们开始检讨，觉得再这样下去真的不行，不然好多地方都去不了了。于是计划好第二天的路线，打算从依水园开始，到东大寺，然后从吉野山出来。如果有时间，再去另外一处世界文化遗产兴福寺看看。这其实是《孤独星球》上一条四小时的徒步路线，因为去过了春日大社，我们想，第二天的安排无论如何总是可以逛完的吧。

◀◀ 我们肯定曾经遇见过

前几日，闺密晓岚专门发来东大寺正仓院的"唐朝琵琶展"消息。据说这是被天皇密藏了100年的当年杨贵妃赠给日本天皇的琵琶。既然刚好在东大寺，那么也是一定要去看看的。

这是看起来相当完美的行程规划。事实是因为走过了依水园，发现东大寺就在眼前，所以依水园被我们果断放弃，想着也许可以回来再逛，但最后我们连兴福寺都没有去就天黑了。好容易找到正仓院却是大门紧闭，琵琶没有看成，又被旁边大佛池畔的银杏与红叶迷醉了好半天。我们嘲笑着自己：这一天连午饭都舍不得花时间吃，微信朋友圈都没顾上发，怎么就还是只能逛一个东大寺呢？

拥有1200余年历史的东大寺是南都七大寺之一，公元728年由圣武天皇下诏仿中国寺院建筑结构兴建。彼时正是日本天皇下令在各地建立国分寺和国分尼寺的盛时，其实不过是效仿中国隋唐时代在各地兴建国立寺院的做法，如兴建大云寺、龙兴寺、开元寺等，借此为国祈福。光明皇后非常景仰武则天，武则天兴建的大云寺便是其重点仿效的对象。天平十二年，在参拜完河内国大县郡（今大阪府柏原市）知识寺大佛后，圣武天皇发愿"朕亦奉造"。

再后来，著名的高僧鉴真东渡日本，还曾在大佛殿前临时建造的戒坛向圣武太上皇等僧俗授戒。据说，大佛殿西侧的戒坛院便是鉴真和尚平时传授戒律的场所。

我们只是朝那个方向张望了一下，想着原来历史教科书上学过的故事竟然是真的。如果不曾来过此地，那么鉴真东渡日本的事情就和我没有丝毫关系，而我绝对不会去想这个历史故事到底是不是真的存在过。

这一处世界文化遗产真是极美啊，两个南方的文艺女青年就是来看秋天的红叶的，对寺庙和神社完全不感兴趣，只是把它们当作了日式庭院去赞美。就算红叶那么绚丽，柿子那么火红，银杏那么金黄，游人那

么多，可是那些庭院一律清寂着、静美着，有着孤标傲世的隔绝感。

日本人的审美就是要侘寂，大家还喜欢说"枯山水"，在这"死如秋叶"般绚烂的季节里，一切都是那么侘寂。

也只有侘寂。

东大寺实在值得长久地停留，我们决定妥协，在秋阳里跟着红叶的指引，我们缓慢地走遍了这片优雅清寂的美丽之地，总是被一处又一处偶然见到的景色惊到不知如何是好，哪怕只是一枝红叶轻俏地伸出墙头，我们也要伫立叹息半天，心底仿佛被一团小小的火焰点燃、滚烫着，又不知道到底该怎样才能将这激荡心底的寂美表达和释放出来。

我们说，如果不这样絮絮地只管赞叹，一定会忍不住掉眼泪的。

◀◀ 我们肯定曾经遇见过

不知道随后的京都会是什么样。那一天刚好是小雪的节气，我们坐在奈良王寺那家和式旅馆的客厅里，想着明天的京都可能会有雨。我们预订的日式旅馆也是一间百年老屋，房子里没有浴室，房东会给我们公共浴室的洗澡票……想象着，我们穿着木屐吧嗒吧嗒地走在京都中京区的清寂街巷里，去泡一个热气腾腾的日本浴，多么值得期待。

最后要向波尔卡小姐表白一下：好旅伴就是各种毛病一样，各种习性一样，各种想法一样，各种心愿一样，各种随遇而安一样，就像波尔卡小姐这样。另外，波尔卡小姐最赞的一处就是乐意充当摄影师，她说："你就是一个道具，好好被拍就对了。"

行走 ▶▶

在不丹我们遇见幸福了吗

第一次"大规模"约伴，我给了幸福国度不丹。在高原不丹的每一刻都是难忘的、美好的，我不确定我们是不是真的发现了幸福，但从不丹回来之后，我确实比之前更能深刻地感受到幸福的滋味。

2015年9月24日，我的生日，那天我在自己的公众号里发出了第一次约伴的召集，我说这是给自己的礼物，也希望同样成为未来同行的朋友给自己的礼物。因为不丹对外的形象一直是一个幸福指数极高的国家，其旅游广告语也是"幸福是一个地方"。我说，那么我们就一起去不丹发现幸福吧。

不丹旅行不便宜，性价比不高，而且没有直达航班。我们要先从国内飞到曼谷住一晚，第二天一早再飞，经停印度的一个小机场，才能在午后三时左右抵达不丹帕罗机场，而回来也是同样折腾。

在这么多不容易之后，回到家硬生生地放空了几天。我一直在想：我们在不丹，真的发现幸福了吗？

本来只想召集10人，没想到最后同行的是15人。在不丹高原纤尘不染的美丽蓝天下，我多次深深感恩。第一次结伴旅行的各地朋友们，因为一些微妙的缘分，让我们拥有了一次快乐幸福的不丹之旅。我无比肯定的是，每个人都一定有属于自己的内心感受，我们在路上会有直接的分享，更多的也许都深藏在自己的心里。

不足与外人道的，那就藏在心里了。

待未来有一天，我们翻看照片，会回想起在2015年最后的日子，我们曾站在不丹高原广袤高远的天地间，那样笑着、叹着、拥抱着、肩并肩感动着。

这真的是一份珍贵的礼物。

北京的春雨、上海的光大、Carry、乐乐和媛媛、苏州的叶子和肖克、南宁的木尔、珠海的芳芳，广州的颖蓉、晓娟、小吉、洁珊、小蔚蔚和我，这就是我们的队伍。我们天南海北地聚在一起，然后又四散，这是旅行必然的结果。但我知道，这次旅行一定会带来一些美好的改变。比如，在我们的生命里，曾经在这个12月的某几天，因为不丹，让彼此发生联结，更多的故事延续着，也许大家以后还会继续结伴远行。

不丹的山水很美吗？是的，很美，可是比起云南、西藏，单从风光的角度来看，不丹当然不算最美。不丹的徒步路线很棒吗？是的，很棒，可是比起尼泊尔、瑞士、西班牙以及更多的徒步胜地，不丹的徒步当然不能算最棒。那么，我们到底为什么想来？到底是不是真的发现了幸福呢？

不丹，于我而言它是独特的。这个不追求GDP只看重GNH（国民幸福指数）的南亚山地小国，大部分国民虔诚地信仰佛教，生活清简又踏实。我们遇到的大多数不丹人总是平和地微笑着，在高原的阳光下，那些笑容总会触动人心底的柔软。不丹更独特的是，它正同时面临着保守与开放，国家对旅游设置的高门槛很大程度上保持了不丹的神秘性，

◂◂ 我们肯定曾经遇见过

可是我又隐隐担心着，不知道什么时候，优美纯净的不丹也许会被支柱产业之一的旅游业改变。

看了晓娟带的那本《不丹调频》，本来特别想去库佐 FM 电台看看，见导游吉米略有难色，我也没有坚持。遇到了就遇到了，遇不到，也就算了。

不丹还是我去过的唯一一个没有中国餐馆的国家，同时我也没有买到不丹版的《小王子》。吉米说，问过很多朋友，他们似乎都没有听说过。

我们去逛首都廷布的周末集市，以前只有周末才开放，如今从每周四就开始了。廷布周边的很多当地人都将农产品拿到这里交易，而之前听说不丹严禁使用塑料袋，我们却在这个集市看到塑料袋被大量使用；我们去听乌金活佛讲经，大家盘坐在一起，对着活泼时髦的活佛讲出自己的困惑，真的有人因此解了惑；我们去泡"热石浴"，温热的泉水浴完全可以跟"舒服死了"的土耳其浴媲美，我甚至还成功地怂恿木尔脱掉泳衣真正地裸泡；我们去高原看黑颈鹤，它们从西藏要飞整整一天一夜才能抵此过冬，甚至要飞越整个喜马拉雅山脉，忠贞的它们如果伴侣中的一个身体不适，在固定飞越的日子不能飞，那么它们这一对就会一直待在原地，如果能够抵抗过隆冬，就可以再见到来年春天飞回来的朋友们；我们去山林间徒步，阳光美好地洒落在我们身上，回望时有辽远的高原与草甸，有民居散落在山间，屋顶在阳光下闪闪亮着，像一粒粒明珠；我们艰难地徒步走到建在悬崖上的虎穴寺，那无疑是一场充满勇气的幸福朝圣；我们去不丹国家纪念塔，看到当地人每天都那么虔诚地来转塔，他们平静而淡然地面对着我们这些游客的打量或者镜头，这是他们生活中最日常的部分，我们仿佛是来观察或猎奇的，而他们都那么大度，无所谓，眼神很清晰，仿佛在说："你们是你们，我们还是我们……"

这当然不只是一次浮光掠影的旅行，其实它与我之前的很多次旅行

故事 ▶▶

不丹浮光掠影 ▲▲

都不一样。

　　之前的很多次旅行基本上都只有两个朋友同行，而且都会在某处至少待三四个晚上。去的地方越多，越想在路上慢一些，更慢一些，是的，没有什么是一定不能错过的，即便错过了这些，也必定会得到那些。

　　这次旅行和 14 位朋友一起，我时时被感动着，为那些每天都会面对的真诚美好的笑容与眼神，还有一些放下与宽容。

　　小蔚蔚其实早就认识，去年夏天她专门去香港书展看过我们"四美"的读书会讲座，但我真的不知道她其实一直将自己包裹得很紧，拘谨又认真。小蔚蔚是我给她起的名字，因为她一直都那么真诚又热情地为大家拍照，说话行事又那般温婉可人，她还被大家封为"公益摄影大师"。

　　那天我们在看过不丹歌舞后喝了一点不丹米酒，我去拥抱了她，明显感觉到她突然的紧张。后来她告诉过，其实在香港书展时我也抱过她，那居然是她第一次接受来自陌生人的拥抱。看看，这就是每个人的不同，在我看来最寻常自然的拥抱，于另一个人却是意外和不寻常。

　　回到广州后，她给我发的第一条微信是："谢谢敏儿，这次不丹之行，

开启了我另外一种人生体验。放开才可以接纳，感谢。"

之前我们总说"旅行改变人生"，这真的不是一句空话。还在不丹的时候，我发过一条朋友圈："有些改变正在发生。"这是我暗自的观察，我一直相信所有的经历都不会白白浪费。到不丹去发现幸福的这几天，当然也是。

回国好几天后，我们似乎都还没有还魂。广州的几个朋友，已经约了聚会还魂。而我在此刻看到了木尔的朋友圈，她忆起我们最后的不丹晚餐：在一栋300年历史的旧式豪宅里，主人精心为我们准备了南瓜汤、米酒、牛肉粉条、土豆泥、饺子……平时习惯了精细吃食的吃货们，彼时已经知道了不丹的物资匮乏，因为不杀生，所以所有的肉食都须从印度进口。我们每天吃得确实很简单，却已远远比不丹普通民众的家庭菜单丰富。那盘素饺子，据说是中不丹地区过年才吃的美食。我吃着明显感觉到饺子里有沙子，却因为礼貌而吃完了它。

木尔也说道："还是会由衷感谢，因为知道，他们能呈现给你的，已

偶遇的不丹新婚夫妇 ▼▼
徒步遇到的小朋友 ▼▼

◀◀ 我们肯定曾经遇见过

是他们最好的了。"好奇妙的感觉，在不丹，人的思想变得更简单，这恐怕就是"不丹的味道"了。

至于我自己，又一次发现了人的局限。比如我还是会对略亲近的朋友有苛责，漂亮的、对不丹有很多疑问的、一直在不停提问的、被我火线培训后迅速成为摄影师并为我拍了很多大片的晓娟，因为我们总在一起，她似乎一直被我严苛地对待着，如今想想，觉得要跨越那些"局限"多么困难。我甚至每次在饭桌边，都会认真地指出身边的朋友没有将餐盘里的食物吃完。这是因为在不丹吗？因为不丹的物资匮乏而变得比以往的旅行更加"负责任"？

我们真的是去不丹发现幸福的吗？我们真的发现幸福了吗？其实我更深信，我们每个人都应该知道幸福是什么，或者说，我们每个人都有对幸福的定义。

从不丹回来，在家里慢慢喝茶，和家人一起吃热热的火锅，说一些家常话，每天都有拥抱和微笑，收到妹妹花五个小时熬好的姜枣膏，午后去朋友家晒着太阳喝一次现磨的咖啡，可以自由地想做什么就什么，或者什么都不想做的时候就这么无所事事地待着……这些从不丹回来后感受到的最寻常的时刻，这些终于让我下定决心辞职不必天天上班的时刻，我确实比之前更能深刻地感受到幸福的滋味。

幸福真的不必千山万水地去发现，只要稍稍让日子慢下来，它一直就在我们的手中。不过，我们当然还是要去旅行的，走过千山万水的时候，本身也是幸福的。

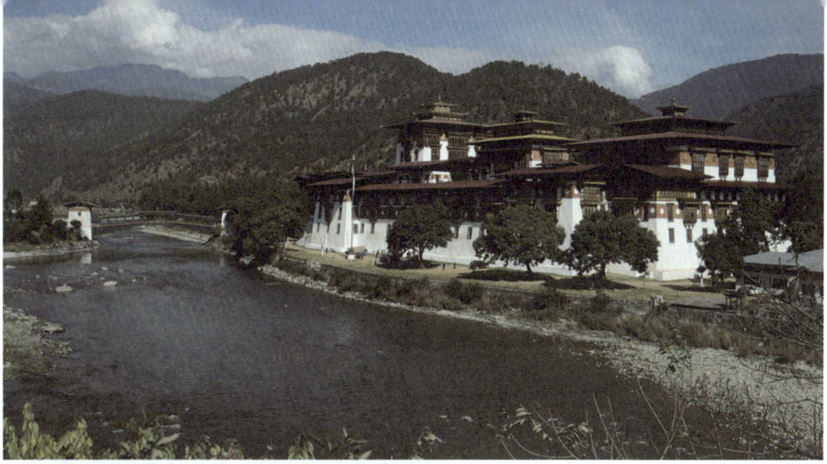

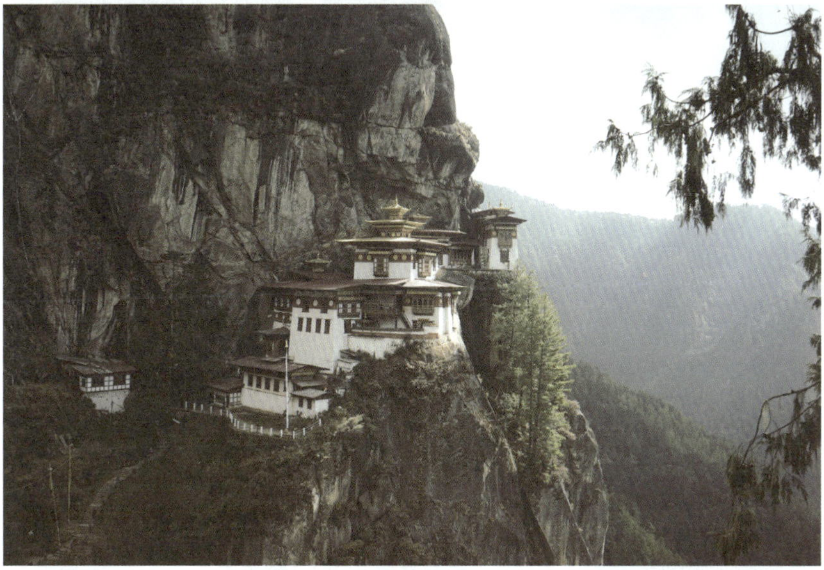

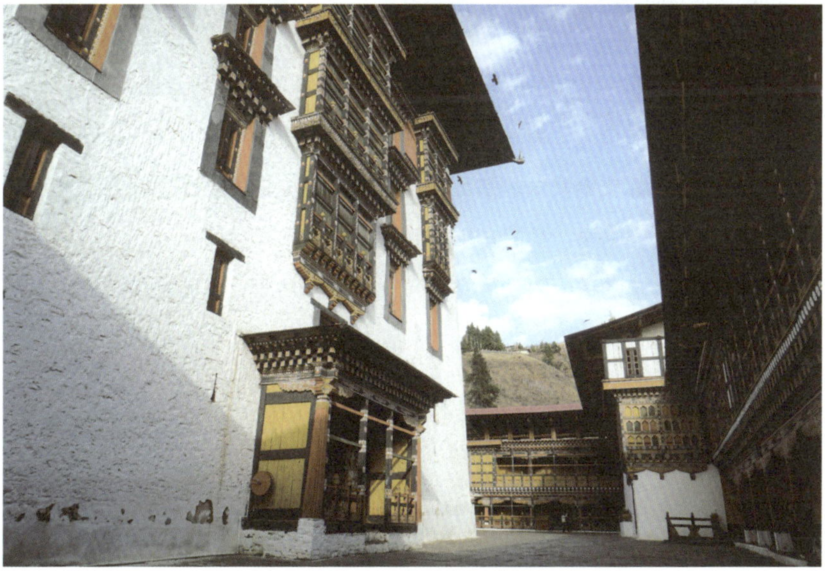

◂◂ 我们肯定曾经遇见过

今生就是这么开始的

2015年2月15日，清晨，我站在西撒哈拉小镇阿尤恩国家旅馆的庭院，看天上迅速流动的云，看外面整齐交错的路，想着她，想着到底哪一条路才是走向她的方向？

当我在2014年9月的某个晚上订好香港往返卡萨布兰卡的机票的时候，我对摩洛哥的印象还只是那部著名的《北非谍影》以及四大皇城。订机票时只有我一个人，想着无论如何都一定要去。后来我终于约到了旅伴，行程既然都交给我做，那么一到摩洛哥就先飞去那个名叫阿尤恩的小镇吧。我对一鸣说，我们去找三毛的家。

买好机票我才知道，阿尤恩竟然"归属"摩洛哥，也就是说，凭着我们的摩洛哥签证，就可以去三毛、荷西在撒哈拉沙漠的家。这是一个意外的惊喜。

抵达卡萨布兰卡的当晚，我们去预约好的里克咖啡馆吃晚餐，在《北非谍影》"As time goes by……"的钢琴曲里，我想着第二天的傍晚就将要抵达阿尤恩，离年少时的梦只是咫尺，心下竟异常平静。

行走 ▶▶

　　第二天午后四点半,当我在卡萨布兰卡机场的 D7 登机口,看到 Laayoune 这个目的地名称时,心突然就狂跳起来,那首"前世的乡愁铺展在眼前,啊,一匹黄沙万丈的布……"就这样响起。眼底涌起一点泪意,为那一长段捧读《撒哈拉的故事》的年少时光,而这个梦潜藏了这么多年,竟然一直没有被遗忘过。

　　事实上,阿尤恩所在的西撒哈拉这片 28 万平方公里的土地,目前仍是联合国争议地区。当年我们读过的《哭泣的骆驼》,其中写到撒哈拉威人要将西班牙人赶走,想要自主,可是很快摩洛哥老大哈桑就召募"勇士"来占领了此地,而拿西班牙护照的三毛、荷西也只得仓促离开,移居西属加纳利群岛。

　　当年读这些文章,只是觉得怎么那么神奇,沙漠里竟然还有惨烈的战争。当我们下了飞机,看到机场满是荷枪的士兵(虽然每一个都好帅),又想起曾经有人因为下飞机拍了张照片而被枪指着脑袋,还是不由得紧张起来。在出口处,我们先是被问了几个哲学问题:你是谁?从哪里来?到哪里去?接着,再是详细地盘问:来做什么?旅馆是哪里?几天?……士兵们细细地问,细细地做笔记,郑重地盖章后,才"难舍难分"地挥手放行。

　　拖着行李从机场出来,终于可以在碧蓝的天空下认真地以机场 Laayoune 字样为背景拍一张照片。叫出租车,问去哪里,当然是国家旅馆,这是我们在阿尤恩的唯一选择。当然我们都会记得,三毛第一天到阿尤恩,跟着荷西去小镇买东西,一眼就看到了这家回教宫殿一样的旅馆;后来她要去这里参加 Party,却四处找不着合适的高跟鞋,原来是被小姑卡借去搞坏了,最后只得换件布裙子,穿着球鞋,在珠光宝气的贵妇们中间被表扬自然又朴实;再后来他们买了车,打算去海边打鱼卖鱼贴补家用,结果好容易卖给了国家旅馆的厨房却因为偶遇荷西的上司,只得花了比卖鱼的价钱多 12 倍的费用在国家旅馆与上司晚餐……

◀◀ 我们肯定曾经遇见过

行走 ▶▶

　　以前，看故事就是故事，而现在，当我真正站在国家旅馆门口，仰头看那个"回教宫殿"似的大门，抚住怦怦乱跳的心，问自己："你到底为什么一定要千山万水地来这里？"

　　这真是一家美丽的旅馆，老派且优雅，整家旅馆似乎只有我们。此地不是旅游地，商务客更愿意去新旅馆，只有我们固执地还要在旅馆的餐厅晚餐。那么美的蓝色调子的餐厅，我们挑了居中的桌子，整个夜晚只有我们。夜深再去庭院，漫天的繁星啊，这是西撒哈拉的星空，是曾经的三毛的星空。这一天是情人节，两个因为旅行而一起度过这个节日的普通朋友，还是觉得这一天是特别特别的。

　　第二天清晨再次赤足走到庭院，仰头看飞鸟，看迅速流动的云，深深吸气。后来我对老友小群说："这一口，是帮你呼吸的。"——其实，这一趟我是带着好多好多朋友的心一起来的，她们都说："去帮我看看她。"

　　之前已做好功课，大致知道三毛的家在阿尤恩小镇的金河大街44号。这条街当年名叫加泰罗尼亚大街，多么西班牙的名字啊。而金河大街大致在国家旅馆向西的方向。于是走出旅馆大门，我们先定好方向，便顺着一条大道走去，又心生疑惑，再返回走上另外一条，还是越走越疑惑，便拿着打印好的地址去问街边的士兵。人家似乎也不知道，就掏出手机一边翻译一边问，最后对方建议我们不如打车去。我说我想走过去，于是他用极不流畅的英文指了一个方向。我们谢过他，在阳光下向前走，又问了一位路过的英俊军官，然后来到一处小集市又问一位卖菜的大叔，不会说英文的他笑呵呵地拉着我们向前、左转，再指向右，说那就是了。

　　当看到那块路牌贴在高高的白色的墙上，在清澈蓝天的映衬下是那样动人时，我想起曾经看过的一篇论坛游记，说他们也是在这块路牌下，拍照啊笑啊，带路的当地人却怎么都不明白。那个夜晚，我竟然对这段陌生人写的文字落了泪。

◀◀ 我们肯定曾经遇见过

　　这是一条称得上宽阔干净的街道，不再是当年三毛文字里的脏乱与狭小。接近中午的西撒哈拉的阳光明晃晃的，直射在两侧刷成彩色的房屋的墙壁上，直射在我们早就熟读过的撒哈拉威人的坟场："他们埋葬人的方式是用布包起来放在沙洞里，上面再盖上零乱的石块。"一直走，一直向西，突然看到左手边的一排房屋，某个门洞上写着44号。我几乎是飞奔而去的。那个白色粉笔写的"44"就在那里，就在淡黄色的墙体上，那样寂寥地被一只小小电表和凌乱的电线环绕着。

　　这里就是三毛的那个沙漠里最美丽的家啊！那些用捡回来的棺材板DIY的家具的家，那个旧轮胎改成沙发的家，那个曾经将骆驼头骨当作结婚礼物摆放的美丽的家，那个包过饺子做过美味的"雨"的爱意浓浓的家，那个从天台的天窗上掉下过一头山羊的家……竟然，真的就在眼前了。

　　这排房子的对面，是一道长长的围墙，正对面停着一辆火红的轿车。一直有人路过，还有一些人就站在街边，他们微笑着看我，眼里满是不解的友好。看我拿出闺密遥远策划的漂流版画52号，拿出早餐桌边在白纸上写下的"让我在路上遇见你"，拍照啊，笑啊，又坐在人家的门口，一直赖着不肯走。正坐在马路牙子上发呆，突然来了一辆车，就停在我们面前，车上下来一个英俊的男子，竟然去按了44号的门铃。之前看大家的游记，没有看到说有人进去过44号。我没有抬头也没有回身看，低着头，听到有人应门，他们简单对话，然后，男子开车离去。我一直在想：是不是也应该去按一下门铃？

　　这么坐了五分钟，我站起来对一鸣说，我要去按门铃了。门真的开了，隔着一道铁门的栅栏，是一位穿着家居服的撒哈拉威女人，她用美丽的大眼睛看我。我说我从中国来，曾经有一位作家，很多年前在这间屋子住过，可不可以进去看看。她没有笑意地看我，然后谨慎地说："我的

行走

丈夫不在家，你可以，他不行。"

于是我进去了。

一入门便是一道窄窄的走廊，三毛第一次来到这里，是荷西抱她进去的。荷西说："你是我的新娘，我要抱着你回家。"三毛说，荷西走了四大步，就走完了这条走廊。而走廊的尽头，是一间空空的过厅。一抬头，便看到那个想象过无数次的从天台上掉过山羊的天窗，如今已经用铁丝交织着围拦起来。我站在昏暗的过厅，急促地对女主人诉说着："大概40年前，有一位叫作Echo的中国女人，是一个很有名的作家，写过很多撒哈拉的故事，我非常非常爱她……"当说到"我来这里的唯一的目的，就是为了来这间她曾经住过的房子看一看"的时候，我竟然有些哽咽了。而她，站在我的对面，非常怜惜地点着头，说她知道，一直都会有中国人来这里，为Echo。

这是一个有着两个可爱女儿的四口之家，他们在此住了八年。她说，之前是另外一家住在这里。想起包包里有一些中国的糖果，便都掏出来给那一双漂亮的女儿，又问："可以和你合影吗？"她微笑起来，说需要去换一件衣服。

她去临近走廊的房间换衣服，我站在过厅，四下里张望，又去女儿们待着的房间门口，打量着房间的样子。一切当然已经不是当年的样子了，这中间毕竟隔了40年的时光啊。

她请她的大女儿为我们拍合影，然后，她终于说："可以请你的朋友进来，如果只是看一看的话。"我欣喜地跑出去，将老实在门口坐着的一鸣唤了进来，可是一时，又不知道该说什么好，因为有朋友在，我反而有些不好意思再像刚才那样急切地表白。那就告别吧，最后再看一眼那个天窗，我想那里真的可以掉下一头山羊来呢。

我们又在门口坐了很久，风很大，阳光仍然很好很灿烂。这时我才

◀◀ 我们肯定曾经遇见过

想起来，女主人竟然可以讲英语，而我的烂英语竟然也可以讲述这么多。掏出手机，给自己拍了一小段视频，我说："我真的，终于来了，这么多年，一直都没有放下过这个梦想……这是第一次，我为自己的心情做了一个这样的影像记录。"一鸣坐在我的身边，拍了一下我的头，说好感动。想象着当年，对面应该可以直接望见沙漠，而今的阿尤恩，已可称得上繁华。当年摩洛哥老大哈桑占领了这片土地后，给予了极大的优惠政策，因此吸引了很多商客，繁华是必然的。只是，三毛的家，三毛的撒哈拉，三毛的梦，曾经是我们的，现在仍然是。

后来，我们在这片沙漠边的住宅区走了很久，再后来，我们坐上六人座的老奔驰出租车去了海边。我不知道这片海岸是不是就是当年三毛与荷西打鱼和捡石头的地方，但是，我一厢情愿地当它是。风非常大，海水很蓝，我们坐在海边的石头上，不说话，更不说三毛，只是那样长久地沉默，什么都没有想。

最后我们捡了几块石头。三毛写过，她曾经在捡回来的石头上画画。

三毛还写过，因为家住在坟场区没有门牌号，所以她在邮局租了一个信箱，每天走路一小时去邮局收信取邮件包裹，那些从台湾寄来的"雨"啊，就是经由那个邮局取回家的。第二天早晨，问国家旅馆那位风度翩翩的前台先生，邮局在哪里。他详详细细地说了一通，说走路五分钟，又跑出旅馆门口，将一条正确的路指给我们。

在一条微斜的街道上，摩洛哥蓝黄相间的邮局标志，显眼地贴在一幢建筑的一楼，邮局的楼上便是当年的法院。三毛与荷西就是在这里签下了阿尤恩小镇法院发布的第一份婚书。只是如今旧法院已经废弃，楼梯口一片狼藉，而邮局的大门紧闭着。我们去看门口的牌子，分明写着营业时间，却又有一部分被涂掉了。再去隔壁开着门的一个什么机构问，

行走 ▶▶

人家说，邮局关了。连这家邮局都废弃了，如果再晚一些时候来，是不是连这幢建筑也会消失呢？

我在阳光下有些迷茫，只觉得岁月无敌。想起早上看到一鸣前天晚上发的朋友圈，说去了三毛家，希望有人买下这个房子还原当年的模样，再搞个三毛纪念馆。我很生气，硬逼着他删掉。我说，我们爱三毛，就这样平静地爱着就好了，是怎么样就怎么样了，不要刻意更不要有这种生硬的、俗套的念头。对于深埋了这么多年的爱，一定要向旁人述说吗？一定要溢于言表吗？一定要挂在口头四处为自己贴标签吗？我的到来，只是为了来看一看，隔着这40年，只是为了一个梦。

后来，我们离开阿尤恩，又回到卡萨布兰卡，再出发去马拉喀什，然后，从马拉喀什出发，准备深入撒哈拉沙漠的第一晚，竟然在酒店的餐厅偶遇了几个中国人。而其中的四个美少女，是我在穷游上约过伴因为行程不合适而没有约上的。另外一对夫妻dodo和yyy则从广东中山来，他们一路叹息为什么没有去网上约伴，不然我们可能早就是同伴了。而美少女四人团的其中三个，都是在英国念书的90后，另外一个则是她们在网上约到的伴——北京来的一兮。大家听说我们去了阿尤恩，都叫了起来，一兮甚至还问："那个天井在吗？山羊吃过叶子的植物还在吗？"后来，我在邻桌听到90后张大爽跟朋友们说，刚去英国读书的时候，她就是带着三毛的书去的……

Echo，听到了吗？隔了这么多年，你的文字和故事，仍然给予我们灰暗无力的生活这么多力量。后来，一兮真的一个人去了，我看到了她在沙漠上写下"Echo"的照片；我们的同伴狐狸也一个人去了，她在44号的门口挂了一个艳红的中国结，她还带去了一本《撒哈拉的故事》。我们一直在商量，最后认为她应该把书留在国家旅馆，让以后再去的人

◂◂ 我们肯定曾经遇见过

可以在三毛的小镇看到这本书。

那个撒哈拉沙漠露营的夜晚,我一个人,躺在沙地上,看着漫天的繁星,一直在听一首歌,那首名叫《七点钟》的歌。

"今生就是那么地开始的……"那个深埋着不安分的流浪狂念的今生,应该就是这样开始的啊。

撒哈拉沙漠露营的夜晚 ▲▲

行走 ▶▶

塔法亚：那里是小王子的故乡

找不到《小王子》和明信片的蓝色小镇塔法亚，才是我们真正应该喜欢和需要的塔法亚。我们不要塔法亚被命名为旅游景区意义上的"小王子的故乡"，它应该只属于我们的心中。

喜欢《小王子》很多年了，一直都记得第一次读到狐狸向小王子解释驯养关系时的感动。

当我决定要去摩洛哥，知道原来《小王子》的故乡塔法亚竟然就在三毛所住的西撒哈拉小镇阿尤恩的百余公里以外，心下的激动立刻难捺起来。当然要去啊，那个写下了全世界最动人的童话的法国男人安东尼·德·圣－埃克苏佩里，一位将生命奉献给法国航空事业的飞行家，从1927年10月始，他在塔法亚做过18个月的空中邮政站站长……后来他的"小王子"和飞行员，就是在撒哈拉沙漠里相遇的。

每个人心中的《小王子》应该都不太一样，我是因为这本书而爱上星空和玫瑰的，像我的另外一个名字"茶玫"，其实也是因为《小王子》里的玫瑰花。年少的时候（也许到现在也一样），我们当然都希望自己

◀◀ 我们肯定曾经遇见过

能够成为某个人心中独一无二的花儿,都希望能够被驯养,彼此产生某种奇妙美好的关系。如今,距离作者安东尼在塔法亚的时光已经过去 87 年,距离他写下《小王子》的 1943 年,也有 73 年了。这只是时间的距离,对于热爱《小王子》的人来说,哪怕隔着几十年的光阴,去塔法亚简单看一眼,都是爱和满足。

小王子还告诉我们:"眼睛看到的不一定是真的,要用心去看。"

在阿尤恩小镇北边,有一处专门去塔法亚的出租车集散地。出租车全部都是极老极帅的奔驰,看起来很宽敞,却必须凑够六个人才能发车。是的,前排坐两个,后排坐四个,这样拥挤着穿越百余公里的沙漠公路。

穿过阿尤恩小镇,经过一片蓝色的湖水,然后,我们就正式踏上穿越西撒哈拉的沙漠公路。冬末的沙漠阳光那么强烈,沙漠是一片寂静的枯黄,路旁竟然盛开着一丛丛紫色的小野花,在炫目的日光里,显得那样优美而奇异。我想,在这片神奇广袤的沙漠之地,当然会有意想之外的奇遇。比如,那个飞机出故障的飞行员在撒哈拉沙漠就遇到了一位小王子,他跟他说的第一句话竟然:"你可以帮我画一只羊吗?"

我们在 90 分钟后抵达了塔法亚小镇。我们找到一家网友推荐的旅馆。老板是个友善又迷糊的老头儿,他带着我上楼,几乎每个房间都检查过,才遗憾地告诉我没有房间了。

我们将行李暂时放在旅馆,打算出去再找。一出门就碰到几个年轻人,非要跟我们合影,一边还大声叫着"Facebook"。

这也是一个蓝白色的小镇,绝大部分建筑的墙面都随性而肆意地刷成了蓝色。我忍不住在一道深蓝色的门前坐下,想要以此为家。深深浅浅的蓝与偶尔跳跃的俏丽色彩,与刚刚路过的西撒哈拉沙漠的炽热苍茫有着完全不同的视觉冲击。

我深深吸一口气,抬头看天,想起行前曾经想过,要在这里像小王子一样在海边看日落，看美丽的星空。

能肯定的是，我们这两个黄皮肤黑头发的东方面孔，是这一天来到塔法亚仅有的一对外国人。很快就有人跟我们打招呼，问要不要住旅馆，我们跟着他走到警察局旁边的一处民居，立刻决定住在这个还没有任何挂牌、设施也相当简陋的所谓旅馆，只因为它的大门，也是美丽的蓝色。

我们随意地在小巷里朝镇中心的方向走去。塔法亚的蓝色确实跟我之前想象的不一样，也许前一年的土耳其阿拉恰特小镇的蓝色太美好，我以为会差不多。可是这里简陋许多，精致当然说不上，慢慢走着，又能发现更多的非旅游区的随性生活的意味。在彩蓝色的拐角处，一群小男孩聚在一起玩耍，看到我们就嬉闹着一路相跟。我问他们邮局在哪里，他们能听懂的也就是邮局这个英文单词，于是更加热情开心地带路，甚至还在我们的镜头前大方地展示他们单纯灿烂的笑容。他们每一个都是我幻想了很多次的小王子呢。

是的，要去邮局。虽然2015年2月17日的塔法亚邮局当然不可能是安东尼·德·圣–埃克苏佩里当年任邮政站站长的邮局，但是多年以后的今天，我又应该去哪里打探他的当年？只得一厢情愿地将这个蓝色小镇的摩洛哥邮局当作了心底的寄托。

这个小镇邮局的门口有着摩洛哥邮局典型的黄蓝标识，一道拱门进去，是邮局大楼。建筑外面挂着摩洛哥国旗，墙上悬挂着阿拉伯文和英文的"摩洛哥邮局"字样。问工作人员有没有明信片，那位帅哥摇头，说只有图书馆才有。经历了在阿尤恩买明信片未果的遭遇，这似乎也在意料之中，我们想也许明天可以找到图书馆。

临近傍晚，我们在清真寺的唱经声中慢慢走向通往海边的大道。天色暗下来，云层越来越厚，在大风中朝着大海的方向行走是一种奇异的经验，心里头想着的，竟然是那样一句歌词："你问我要去向何方？我

Ce courrier oblitéré à Fez le 6/10/22 à 14 heures est arrivé le soir même à Casablanca à 19 heures. Affranchissement: 50 centimes dont 25 de surtaxe aérienne.

reprend le courrier et l'achemine de FEZ à ORAN dans l'après-midi en 2h40 de vol.

Paul Vachet est entré aux lignes LATÉCOÈRE en 1921. Pilote extrêmement habile, défricheur infatigable, on va le trouver partout pour ouvrir

纪念安东尼 ▲▲

行走 ▶▶

指着大海的方向。"而纪念安东尼的博物馆突然就撞进了我们的视线，几个年轻的妇人坐在紧闭的门前，一边谈笑着嗑着瓜子，一边又好奇地打量我们。

风很冷，坚持着要走到沙滩，日落和星空都没有，之前想象的要像小王子一样，挪动一下椅子，一天就可以看到43次日落的景象当然落空了。凛冽的冷风里，又想起那朵矫情的惯于隐忍感情的玫瑰，想着，如果此刻有一个温暖的怀抱该有多好。

第二天清晨，我特地穿上一件带尖顶帽子的蓝色外套，觉得这个尖顶帽子的外套和摩洛哥的长袍特别相似，想着就这样去和安东尼还有小王子相见吧。旅馆离博物馆非常近，清晨的阳光清澈又温暖。博物馆里只有一位工作人员，陈列的主题是与安东尼有关的航空历史。作为飞行员的安东尼，应该是塔法亚人眼里的英雄。在《小王子》出版的第二年，已经超过空军飞行员年龄界限的他，被破格批准执行八次空中侦察任务，却在1944年7月31日清晨，在他的最后一次空中侦察中离奇失踪，再也没有回来。

彼时，他已经是出版过《夜航》《人类的大地》《空军飞行员》《要塞》《南方邮航》等多部小说的知名作家。而《小王子》则是被誉为"阅读率仅次于《圣经》的最佳书籍"，是我们很多人的爱。

博物馆以安东尼的名字命名，只有极少数与《小王子》有关的痕迹，那几张手绘的我们不知道看过多少次的插图，还是让我格外激动。塔法亚人是真心以他为飞行英雄，却又是那样散淡地只在这里售卖着几款他的飞行主题的明信片，竟完全没有和"小王子"有关的纪念品。

而我在两年前开始收集世界各国版本的《小王子》，行前本来想要带一本书来盖个邮戳，又想当然地以为这里肯定会有大量销售的当地版本的《小王子》……万般无奈中，只得掏出护照，请那位博物馆工作人员，

◀◀ 我们肯定曾经遇见过

为我盖了一个邮戳。

去塔法亚寻找小王子，其实只是一个接近虚幻的美丽念想。就像去阿尤恩寻找三毛曾经的家，都是为了内心深处的一个情结。

这个在西撒哈拉沙漠边缘的海边蓝色小镇，并没有因为《小王子》以及作者曾经在这里生活过而发生过任何变化，塔法亚人似乎并没有想过这也许可以成为一个旅游经济增长点。

当问了很多人最终找到图书馆，仍然没有找到《小王子》之后，坐在街边咖啡馆的阳光下，认真地为自己写下一张明信片的时候，我轻轻叹了一口气，觉得这样的塔法亚才是我们真正应该喜欢和需要的塔法亚。

我们不要塔法亚被命名为旅游景区意义上的"小王子的故乡"，它应该只属于我们心中。

回国后过了许多天，才收到在塔法亚寄给自己的明信片。看着明信片上写给自己的那段《小王子》的话："只要在夜晚仰望星空，就会觉得漫天的繁星，就像一朵朵盛开的花……"竟觉得在塔法亚遇到的阳光、夜空、大风和所有的微笑，刹那间都重新来到了眼前。

在塔法亚的艳阳里，曾经很多次想起安东尼说过的一句话："相爱不是互相看着对方，而是一起看向同一个方向。"

对所有一直心怀美好的我们来说，爱就应该是这样。

偶遇"小王子" ▼▼

· 寻北记 ·

WO MEN
KEN DING
CENG JING YU JIAN GUO

寻北记 ▶▶

随随便便踏进北极圈

一次一念间决定的旅行,一念间去了北极圈,在荒凉又生生不息的苔原上行走,遇见驯鹿与彩虹,尝试了用树枝鞭打身体的俄罗斯浴,感受了语言不通的交流与深刻的温情,把自己的书留在北极圈,以至于好久好久以后仍然会从遥远的北方传来关于遇见的故事……

这是我第一次到北极圈。看起来这次旅行确实很随意,在真正抵达之前,我从来不知道这里会成为怎样的梦想之地,也更加无法设想这里会成为我一直想要回去的地方。包括此刻,因为那些不断发生的关于遇见的故事,我仍然不知道,俄罗斯北极圈的那片苔原和我的生命还会发生怎样的联结。

是的,俄罗斯当然不只普希金、柴柯夫斯基和彼得大帝,不只歌剧芭蕾与莫斯科郊外的晚上,在北极圈的摩尔曼斯克,你呼吸的每一口空气,都是为香奈儿 5 号带来灵感的缪斯。

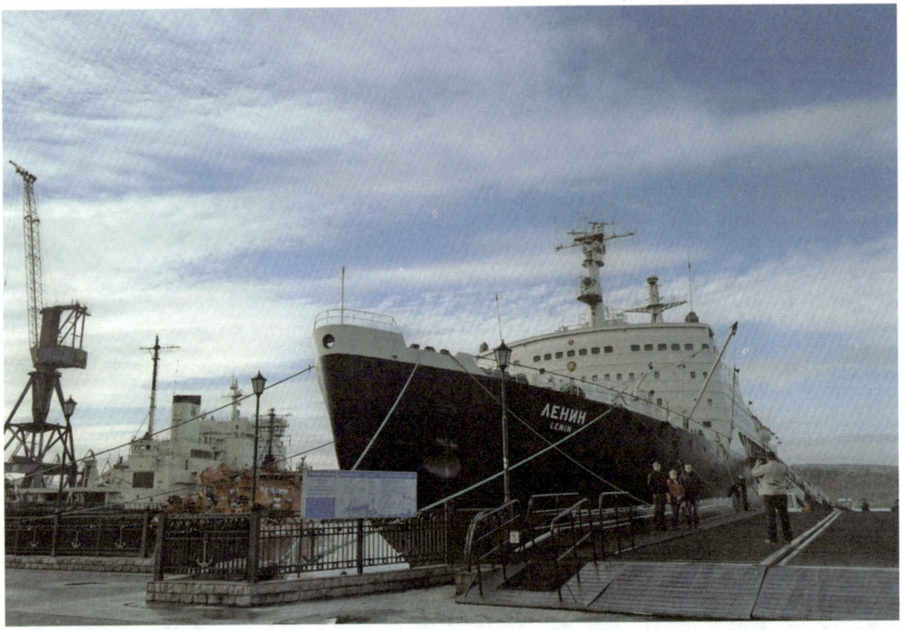
ЛЕНИН
LENIN

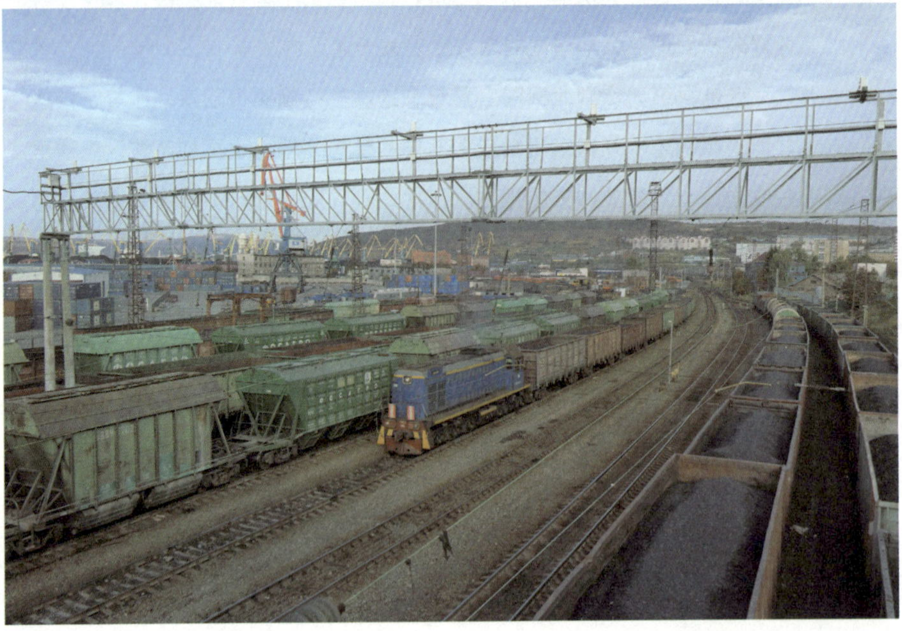

寻北记 ▶▶

为什么是摩尔曼斯克

8月的一个夜晚，我正在小区里快走，想着很快国庆了应该去哪里，一个闪念，俄罗斯就跳了出来。立刻用手机查机票，俄航广州直飞莫斯科往返含机票税4800左右，便立刻决定就去俄罗斯。

将假期东拼西凑一番，便将这次旅行硬生生扩展成了一次两周的行走。除了莫斯科和圣彼得堡，我并不知道我还会去哪里，只是想着，至少要去看一眼伏尔加河吧？管它现在还有没有伏尔加河上的纤夫。

于是看地图，研究去"看一眼伏尔加河"的路线，还没等看明白，突然一眼看到了北极圈，看到摩尔曼斯克这个地名。脑子还没有来得及想，嘴里就已经在说："呀，我要去北极圈。"

可无论是俄罗斯《孤独星球》还是各个旅游论坛，对摩尔曼斯克的介绍都是那样少。基本上大家都统一一个说法：去摩尔曼斯克这个因为一战而迅速兴建起来的城市，更多的只是一个参观地标性质的旅行，因为那股在挪威海岸附近流过的海流相对温暖，它成为北极圈里唯一的不冻港，也是最大的北极城市。

难道我就只是去看一眼摩尔曼斯克，呼吸几口据说给过恩斯特·

◀◀ 我们肯定曾经遇见过

博创造出香奈儿 5 号香水灵感的清新北极空气，就打道回府吗？

努力在各个旅游论坛里深挖，终于在穷游里看到关于摩尔曼斯克北极圈的半个帖子。说是半个，是因为那个 ID 名为"田苹果"的姑娘，没有将她的北极圈旅行写完，并且看日期，她已经很久没有上贴吧了。就是这半个帖子，让我立刻又做了决定：要去摩尔曼斯克的洛沃泽罗小镇，要去看萨米人的圣湖，去看萨米人和他们的驯鹿。

学了 10 年俄语的"田苹果"去摩尔曼斯克的时候是深冬 1 月，而我的旅行时间，是深秋 10 月。我不知道等着我的是什么，我只是知道，我一定要去，并且也很肯定地知道，这将注定是一次不同寻常的旅行。

是的，太多的不确定，比如语言、路线、怎么去，以及交通工具是什么……俄罗斯《孤独星球》的相关信息太少了，而"田苹果"一直不出现，好在她留了一个她住过的极地别墅的网站——WWW.LOVOZERO.NET。

于是跑去看网站，全部是俄语。复制下来在翻译软件上翻译后，看了个大概，试着发英文邮件过去，却好几天不见回复。好在我们居然在 BOOKING 上找到了这栋别墅。

而另一个大问题是：如何从摩尔曼斯克到洛沃泽罗？《孤独星球》没有说，帖子只提到了一句租车。情急之下，便去旅行微信群里问，立刻就有朋友说，她有朋友在圣彼得堡工作，可以帮忙问问。当我和那位在圣彼得堡工作的帅哥联系上，咨询这个问题之后，他说："我们也没有去过呢，那里好远好冷，不过你等一下。"半小时后，他回复："摩尔曼斯克到洛沃泽罗大约 187 公里，没有公共交通，只能租车。"

几天后，极地别墅终于回了英文邮件，看样子也是通过翻译软件的帮忙。"田苹果"可能得到感应，突然在论坛出现，回复了我的几个问题，然后我们在 BOOKING 预订了房间，也请极地别墅的主人帮忙订了往返

寻北记

的出租车，说好了接我们的时间、地点。此后，直到出发，我们再也没有任何联系。

做行程的时候，因为北极圈而放弃了伏尔加河，继而放弃了彼得罗扎沃茨克、奥涅加湖和基日岛，不断地砍掉那些想去的地方，甚至因为假期不够，只得从莫斯科直接飞到摩尔曼斯克，因此没有办法体验36个小时的长途火车旅行。当经过3小时飞行，在夜色里走下停在摩尔曼斯克机场的小飞机时，我深深地吸一口气，也不管深秋的北极圈的清冷，心里头只想着："啊，我终于到北极圈里了啊。"

和极地别墅主人约定的时间，是第二天下午三时。那天早上我们火速赶去摩尔曼斯克博物馆，赶上正午十二点的一天唯一一次"列宁"号核动力破冰船的参观，还抽空一边吃午饭一边写明信片，又赶着去邮局给朋友们寄出去……

前天晚上打电话到极地别墅，可是一直没有人接。我一直在嘀咕着，这么久没有联系，司机会准时来吗？他能找着我们预订的民宿公寓吗？

当我们结束在摩尔曼斯克的仓促游荡，掐着时间刚回到民宿公寓的楼下，就有一个高大的俄罗斯男子走上来问了句"Yulinskaya Salma？"这是极地别墅的名字啊，我们猛点头，同时示意要先去取行李。

行前就知道，在俄罗斯旅行，语言是极大的障碍，除了莫斯科、圣彼得堡的年轻人可能会说点英文，其他地方几乎都没办法用英文沟通。我们坐地铁、看地图，几乎要一个字母一个字母地对照攻略或《孤独星球》。直到坐上出租车，我才想问："这真的就是来接我们的车吗？"接着我们一笑，说，"管它呢，如果错了就错了吧，但整个摩尔曼斯克看起来只有我们两个中国人，辨识度应该极高啊。"

摩尔曼斯克确实只需短暂的停留，我们跟司机说，想要去看看摩尔曼斯克的纬度标志。一时间说不清楚也不知道该怎么比画，便掏出手机

◀◀ 我们肯定曾经遇见过

里的照片给他看。他一点头，心领神会地说了声"OK"。

是的，这块标着"6858'N 3303'O"的地标牌，再一次明确地告诉我们，我们真的进入了北极圈。

我们笑起来，说："来北极真的好随便，想要来就真的来了呢。"

寻北记 ▶▶

北风之外想起 Far North

近 200 公里的路，车程两个半小时。那一路，一直看着窗外不断闪过的无边的原野、蓝色明镜般的湖泊、云彩般的云朵、高昂的树、苍黄的草，反复想起行前看过的 BBC 的一个纪录片，形容这是"一片广袤、坚硬、桀骜不驯的土地"。因为是在深秋，我觉得还可以再加上几个形容词：饱满、丰富与深情。

当出租车最后带我们穿过洛沃泽罗小镇，来到一处湖岸边的码头，正是接近傍晚的时刻。落日洒落金光，云彩飘逸地飞扬，那面蓝色的湖水，就像是齐豫的歌里唱过的"就是挂在你心间的一面湖水，一面湖水"的现实版。码头边停着好几艘游艇，深秋的野草茂密又野性。这一天，我特意穿上了那件在南极船上买的蓝色 T 恤，站在这面湖水边，我想，我的南极和北极就算是遇见了呢。

极地别墅的主人瓦涅尼来接我们，顺便去小镇采购。他只能说简单的英文单词，比如"Wait，Sixty minutes"。我们悄悄笑起来，说他只会说 60 分钟，不会说 1 小时吗？正是彼此不能顺畅地交流，让这 60 分钟的北极圈湖面的航行变得异常沉默美好。坐在船舷边贪婪地看着金色

149

◀◀ 我们肯定曾经遇见过

的落日将整个天空染成玫瑰紫，云朵从半透明渐渐变幻成厚重的红色，航行的游艇将湖面划出波纹，直到终于抵达别墅的码头，一转身竟看到半圆的红月亮，安静地悬在暗红和深紫的晚霞之间。两条大狗跑过来，忍不住去抱。它们亲密地舔我，像是欢迎小别归来的家人。

瓦涅尼总是淳朴憨厚地笑着，或是沉默，带我们走进暖和的小木屋。他打着手势，帮我们将行李箱拎到楼上房间，然后又做一个吃饭的手势，说："Please."

异国的旅行真的一定需要语言通畅吗？在这简单的交流中，我们一样心领神会，一样能感受到彼此的善意和温暖。他问我们想去哪里，一时说不清，就拿出一大张洛沃泽罗的地图，在灯光下指指点点。我们认真地频频点头，虽然大多还是听不懂的。

经过我们长时间不遗余力的比画，最终决定明天去圣湖，至于"萨米人"，他说："Two，tomorrow."我们竟然也懂了，两个明天也就是后天嘛。刚刚经历了三天在莫斯科和摩尔曼斯克完全不明所以的痛苦点餐，在这里，炉火熊熊燃烧，在大木头桌边坐下，打算解决面前丰盛的饼干、面包、汤和主食。我们极满足地叹息着说，这肯定会是我们在俄罗斯最幸福的几天。

事实证明，确实如此。

瓦涅尼说："明早 10 点，船，80 分钟，湖。"

我们继续心领神会。

就要去萨米人的圣湖了啊。之前那半个帖子里就有提及萨米人的圣湖，而这个只有俄文名字的湖泊，我至今也不知道应该怎么叫它。据说这里是发现"许珀耳玻瑞亚文明"的地方之一，而在古希腊神话中，生活在乌拉尔山附近的极北人群，其国度就被称作"许珀耳玻瑞亚"，意思是"在北风之外"，是太阳神阿波罗过冬的地方。

极地别墅 ▲▲

北风之外 ▼▼

寻北记 ▶▶

  我想起曾经看过的一部电影 *Far North*，背景就在这样的"北风之外"的地方。杨紫琼演的是一个亲眼看着丈夫被士兵杀死又被强暴的坚忍女子，后来与捡到的女婴一起生活在极北地区，直到多年后一个迷路的男子出现。他和她暧昧着，却在见到她的女儿之后，又和年轻貌美的女儿计划私奔，要带她去现代文明。他们扎好木筏，算好洋流的方向，女儿回到帐篷去和母亲告别，母亲冷静地要求最后一次给女儿梳头发，然后，用长发冷静地勒死了女儿，剥掉那张年轻饱满的面皮敷在自己的脸上，等着男子回来，他们做爱。当面皮脱落，男子惊恐地赤身逃向冰天雪地……那样一个寒冷惊心的电影，在广州某个炎热的夜晚，曾经那样激烈地击打过我的内心。我不知道，是不是一定要在那样的严寒里，才会有这样坚硬残酷的人性，可是那个遥远的北方已经深植于心。

  当我在地图上看到摩尔曼斯克这个城市的名字的时候，我还没有想到它，而当我决定要去洛沃泽罗的北极圈苔原，电影的苍白、荒凉与冷硬就自然地跳了出来。我想，这一切都是注定。

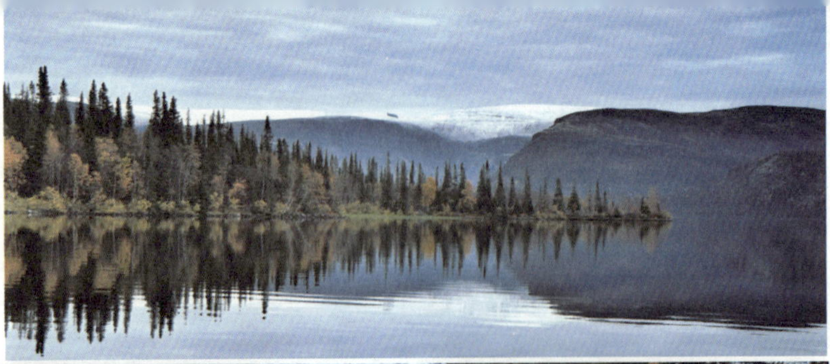

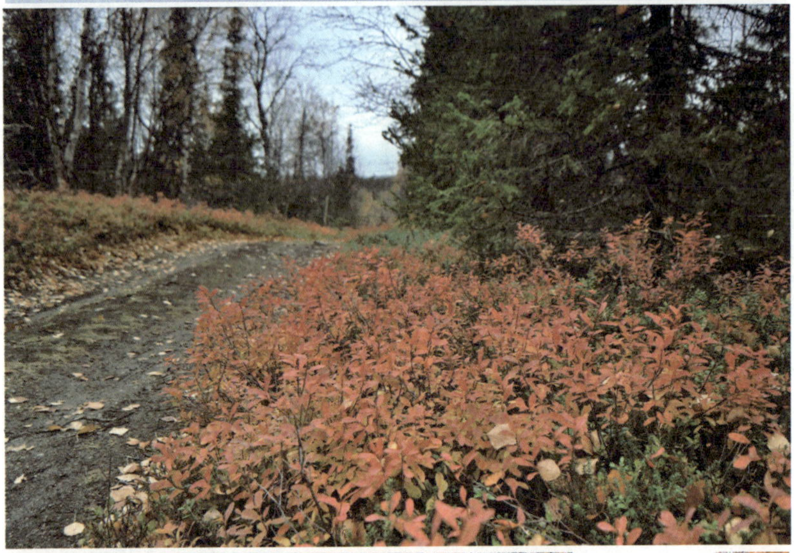

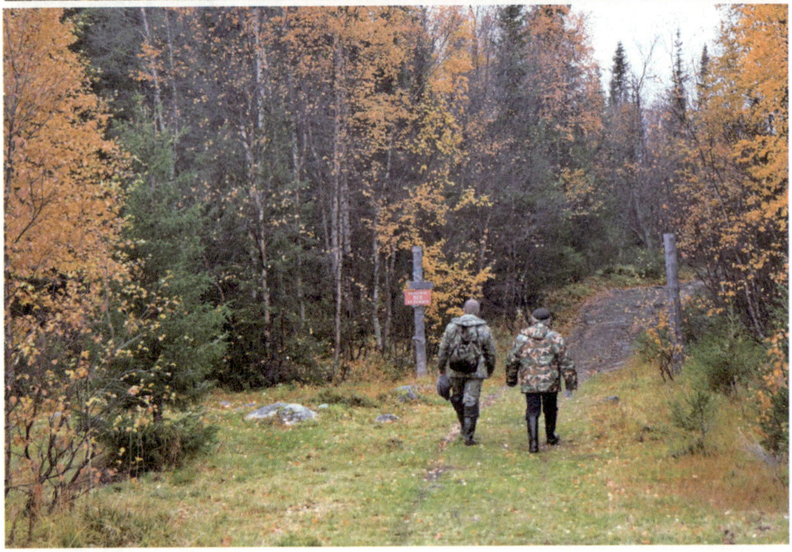

寻北记 ▶▶

啊，去圣湖，萨米人的圣湖

第二天一早，我严阵以待地穿上羽绒衣裤，围上羊毛披肩，下楼去吃早餐。只有在外面，我才会纵容自己大吃高热量的芝士黄油与火腿，或许，只有配上欧洲的面包，芝士黄油才会非常好吃。

我们去码头，两条大狗一路相随，送我们上船，又目送我们渐远。那一片称得上浩瀚的湖水啊，我真愿意把它当作一片海。除了这栋别墅，这附近完全没有人家，头天晚上我们就在嘀咕着，要建起这样一个世外桃源，真是好难。这里当然没有手机信号，问起 Wi-Fi，好像说是坏了，那么他们的电又是怎么来的呢？一连串问题，没办法搞清楚，索性不管了，有这样绝对的世外宁静，哪怕只是几天，我们已不需要再奢望什么了。

这天同行的还有一位体态肥硕寡言的老人家，从我们到 Villa 的时候起，他就一直坐在门边的木桌旁，喝茶、吃东西、看电视，和我们道晚安或早安。我们不知道他是谁，只是互相微笑。

又去看船舱里的温度计，零上 6.8 摄氏度。这真的是一片湖吗？据说新石器时代洛沃泽罗湖就已有人类居住的痕迹，而这里也是北极地区著名的驯鹿民族萨米人的聚居地。萨米人以驯鹿为生的生活方式数千年

◂◂ 我们肯定曾经遇见过

不变，早已成为人类民族文化传承史上的奇迹。

昨天在摩尔曼斯克的博物馆里，我们看到绝大部分空间里陈列着驯鹿与萨米人的生活场景与细节：仙人柱式的帐篷、帐篷里的火堆、悬吊其上的铁锅、厚实的驯鹿皮、雪橇、臃肿暖和的皮毛衣服……我又想起了那个北风以外的电影。

船行至湖岸，并没有现成的码头，穿着长筒雨靴的瓦涅尼要将一架梯子架在水岸边，再照顾我们笨拙地下船上岸。湖岸边都是丛生的美丽灌木、金黄的野草，一眼看到竖着的那块绿色牌子，我指着哈了一声，瓦涅尼也笑，我们心照不宣：这就是圣湖的标志。

事实上，还要再徒步半小时才能真正到达圣湖。瓦涅尼示意我们跟他走。我们才走了三分钟就已经掉了队。因为秋色太美、太让人沉醉了，只好不停地拍照。好在只有一条树林和灌木间的小路，瓦涅尼不时在前头等我们，或是干脆微笑着，在路边指指旁边的一处小坡。我们也不多问，直接就下去了，原来下面是一条清亮湍急的溪流。他可能觉得这两个人中国人这么热爱拍照，得让他们多看看美丽的风景。

这是一段秋色迷醉的小路，除了我们行走的脚步声和偶尔的赞叹，就再也没有其他声音。树叶金黄或灿红，最迷人的是那些铺满地面的小小灌木，有着更加浓烈饱满的彩色，无数蓝紫艳红的浆果结满小枝，是那种极有诱惑又让人不放心的美。

这一路行走，有一刻让我们几乎快要忘记到底是因何而来，直到一片湖水突然出现眼前，越过更茂密深厚的草丛看去，就是一块通透的碧玉啊。小山坡上有一间木屋，瓦涅尼去跟木屋主人打招呼，又跟我们说："30minutes, Boat."我们照例点头，猜着难道他还要将船开回别墅或去其他地方，而叫我们在这里等半小时？但是下一秒钟我们就顾不上再继续猜测了，眼前就是传说中萨米人的圣湖啊，湖光与山色，偶尔飞掠过的白色水鸟都是那样绝尘别世的美。

层林尽染是秋色之美最动人的描述，而这高寒地带的秋色，层林都是针叶林带，深浅的黄与红，映照在墨绿的山体上，又在镜子般的湖面上投射出完整的倒影。想起"苔原"这两个字，便开始胡乱想着，也许那树林之上的墨绿斑驳，都是苔藓植物吧，那样苍冷暗绿。

我们在湖边一直拍照，闲散地感慨几句，我又将我的那本《让我在路上遇见你》拿出来，将它放在石头上，和圣湖合影。特地带了它来，是想着到离开的时候，就将它留在洛沃泽罗，希望以后不管什么人，如果能够读到它，都会告诉我。这是自我预设的一种遇见，一种很文艺简单的美好遇见。

远处突然驶来一艘快艇，我们惊喜地发现，船上除了有个好帅的男人外，还有一条同样帅气的大狗，它独立船头，迎着风，船还未靠岸，就嗖的一下跃上来。

我们几乎呆住了，这船就像是从天外而来。四下远望，也想不出它究竟从哪里驶来。在我们看到它之前，甚至没有听到任何声响。他们简单聊了几句，瓦涅尼就示意我们上船，他仍在岸边，一起上船的是那位老人家。我们也不问，又猜了一阵，觉得会不会是要带我们去萨米人的村子看看呢？也许，萨米人的村子就在湖边树林的某个深处。

快艇带着我们驶向湖的另一头，这个湖比别墅所在的湖可是小了许多，至少，我们可以一眼望到尽头。远方是层层叠叠的雄山，山头积着雪，圣湖被群山环绕着，湖岸是尽染艳丽秋色的针叶树林，越往远处，树林的金黄便越浓郁。开快艇的男子只是微笑，偶尔和那位老人家说话，大狗在小艇上窜来窜去，有时候看它有些过分，男人小声地呵斥它，它便听话地蹲在他的脚边，又兴致勃勃地盯着对面的我，眼神里满是温驯友好的好奇。

◂◂ 我们肯定曾经遇见过

　　美是要美死了，可也真是要冻死了，在湖面的小艇上看风景，寒风无情地吹打着我们的身体，羽绒衣裤当然不挡风不管用。我用羊毛大披肩将整个头都包住，被人狠狠地嘲笑一秒钟变俄罗斯大妈。可是在北极圈湖面凛冽的寒冷中，真的连开玩笑的心情都没有了。我只是无声地做了一个微笑的表情，连自己都能感觉，这个微笑是无比僵硬的。可是在这僵硬中，又忍不住嘀咕："那个帅哥为什么穿这么少啊？他真的不冷吗？"

　　小艇并没有驶向我们想象中的湖岸树林的深处，而是接近了对面的湖岸，竟打了一个转又掉回头。我们这才恍悟，原来这就类似那些景点的游湖啊。我们僵硬着相视苦笑。要是早知道是这样的游湖，打死也不上船啊。

　　只感觉寒风穿透了衣裳，只得尽力将冰冷的身体放松，尽量放空自己，希望能够早一点上岸。人生最绝望的时候，怕也只是这样了，没有悲伤愤怒地完全地顺从，或许可以让我们更平和地度过最艰难的时刻。在放空的绝望里，我们靠近岸边码头。那条大狗又是神勇地嗖的一下跃上了岸边的草地。我们也下船，跺着脚，不管是不是认识人家，只管朝那间木屋跑。屋子里有几个年轻的男人，分别坐在三张小床上，其中一个看我搓手跺脚直叫"Cold"，就笑着走向炉子，朝我们说"Hot, Hot"。瓦涅尼跟他说了一句，大概是说我们是中国人，他竟然又朝我们说"你好"。我们忍不住相视哈哈大笑起来，看着他生火，屋子里更加暖和起来，他们又拿出咖啡，热情地微笑着。

　　这间小木屋的温暖怕是毕生难忘。我捧着搪瓷杯子，里面有滚烫的咖啡，吃着瓦涅尼带来的面包芝士火腿，竟能够清晰地感到能量和感知正一点一点地回来，有一种灵魂与身体终于归位的异样感觉。见我们准备抽烟，那个会说"Hot"和"你好"的帅哥，又热情地拿他的烟给我们。

萨米人与狗 ▼▼

◀◀ 我们肯定曾经遇见过

    我们干脆掏出带来的一包中国烟递给他，他更加高兴，返身去小床边也拿了一包新的，一边说着"Change，Change"。

    到现在也不知道这几个帅哥为什么会在那里，或许是圣湖的看护者？或是守林人？我悄悄观察着，看到有电灯，有炉子，有厨具，有面包，屋外20米还有一个简陋的厕所。在要告别的时候，我们走出木屋，最后一眼望向圣湖，发现阳光突然来临，将湖面缀满金色的波光，而那条大狗跟随而来，又在屋外空地停下，一直看着我们远去。一切都是电影里的场景啊，那是无声又悠长的，在陌生遥远国度的温暖与感动。

    其实关于圣湖，还有一个久远的神话。

    故事的主人公名叫 **Чудэ-Чуэрвя**，是一个萨米语的人名，姑且叫他"楚德"好了。没有信仰的他最初来到洛沃泽罗只是为了掠夺萨米人。萨米人为了躲避掠夺，只好逃到洛沃泽罗的一个小岛上定居。岛上有一个老妇人，萨米人每次外出打猎回来都会给老妇人带回一份猎物。可是萨米人很快被楚德发现了，正危难时，一直被萨米人照顾的老妇竟能呼风唤雨，楚德的船被狂风掀翻，所有人都葬身湖底，只剩下楚德和一个厨师被活捉。楚德只好选择投降，接受洗礼，还在左脚套上萨米人的毡靴，以表诚意。直到临终前的一刻，他走向苔原，传说他在那里化作一具石像，一直守护着圣湖。据说，那些石头上的痕迹，其实都是楚德的化身。因此，萨米人相信石头里住着过世的萨满的灵魂和神灵，充满了神秘的力量，如果对石头不敬，神灵就会弃石而去。

    虽然只是传说，而我在寒冷中始终对此充满了敬畏，直到再次走过那条几公里的小路，来到湖的另一边。突然眼角瞟到一块漂亮的纯黑的石头，几乎是下意识地捡起，想着要送给收集世界各地石头的好朋友小黑，同时，又看到另外有着美丽花纹的灰色石头，也是想都没想就捡起来，甚至都没有再看一眼，直接放在包包里。直到回到广州了，才拿出来细看。

我一边将这个故事讲给小黑，一边又说："我可没有捡圣湖边的石头啊。"

关于萨满，几个月前刚好看过张宝君的《天地萨满》。我第一次知道了萨满，知道在中国的东北部有着这样一群具有神秘力量的异人。事实上，中国东北的鄂伦春人，有着与萨米人类似的住帐篷与养鹿为生的生活习俗。想来那都是在"北风之外"的地方啊，因为地域的接近而有着相似的习俗。

这一天在湖面的巡游是那样冷，回程时再次走过那条绝美的秋色小径，又因为阳光突然而至，变得金灿灿的温暖。再次经过 85 分钟的小艇航行，回到我们的极地别墅。大狗们依旧热情地奔来，将脸在我们的膝头亲密地摩擦。伸手去摸它们，觉得真像是回家啊。瓦涅尼走过来，微笑着示意，说了句俄语的握手，狗狗就蹲下来，伸出前爪，憨厚老实惹人爱。

我哈哈笑，学着也说一句，它果然也朝我伸出爪子。这一切都是那样亲切温暖。要回房间的时候，狗狗一直相随到门口，却乖乖地不会进来，只是友好热烈地仰着头与我们相望。

晚餐的时候，我们问起萨米人，瓦涅尼肯定地说："Tomorrow."又说："Deer."我们其实就是想要再次确认行程，而这个时候我们完全没有想过所有的费用是多少，第二天将会是怎样的行程和安排。比如，是不是还会像今天这样经历刺骨寒风？其实不是我们没有想，而是知道就算想知道也不可能问得清楚，所以还不如不要想，脑子里便自动剔除了想要知道的欲望。

遇见驯鹿 ▲▲

寻北记 ▶▶

北极圈苔原上遇到的驯鹿与彩虹

　　因为知道期待的萨米人与驯鹿就在第二天，那一夜，我们睡得昏天黑地。第二天清晨下楼用早餐，问了声大概什么时候出发。瓦涅尼大步走向大门对面的一扇窗户，打开，看了看天色，说了句什么。我们直点头。于是再问："今晚可以洗俄罗斯浴吗？"他想了想，大步走向另一个方向，在窗前停下，打开，指了指外面的一间小木屋，说了句什么。我们继续点头，大概明白，今晚的俄罗斯浴就在那间小木屋 。

　　待到上了小艇，我们看温度计——5.8摄氏度。想着在艇外，怕是更冷呢。这一次航行又是70分钟。行至一处岸边，瓦涅尼照旧娴熟地将梯子在水边架好，我们小心地下船，他再将缆绳系在岸边的一棵树上。然后，他温和地示意我们跟他走。

　　不知道前方会是什么，也不知道萨米人和驯鹿在哪里。跟着瓦涅尼刚刚走过湖岸边那片艳红和金黄的灌木，眼前的一望无际就令我们倒吸了一口气。在此之前，虽然对萨米人的苔原一直充满期待，却因为没有更细致的文字或图片作为想象的范本，所以只是简单地知道他们生活在苔原。此时此刻，眼前是一片深深浅浅的、松松软软的、旺盛地生长着

163

◂◂ 我们肯定曾经遇见过

各式各样苔藓植物的原野啊。看向苔原的第一眼，真的是接近荒原了，尤其是这接近正午的时刻，天色正阴沉着，云层那么厚，这片以棕褐色打底的原野，像是被泼翻的大地色系的调色板，缀着一团一团的暗红、深绿、枯黄，还有一团团纯白，远远看过去，就像一层薄雪。

才只走了几步，就忍不住蹲下来细看了好久，那一团团纯白竟然是白色的苔藓地衣。在这样近的凝视里，它们呈现着细致而娇嫩的姿态，像一朵朵海石花，精雕细琢地放肆铺排着。它们甚至还是娇俏的，在高寒的北风之外的北极圈苔原上，这般恬淡精巧地美丽着。事实上，在这完全无法数清种类的苔类植物之外，还有着无数艳丽树叶的低矮灌木，同样结着无数艳红紫蓝的浆果。想起在极地别墅的狗狗们，它们似乎在不和我们玩耍的时候，就埋头在草地灌木丛里不停地吃着什么。我们一直在猜测疑惑着，狗也是热爱浆果的吗？

出发前，瓦涅尼就拿出大靴子给我们，示意要换上。我们向他示意我们想穿我们自己的。他摇头，而给我的那双大靴子至少比我的脚要大出两三码。四下张望一下，发现确实没有更小的了。我从未穿过这样的大鞋，套了两双袜子，又不懂怎么跟人家说鞋垫，只得干脆作罢，心想，把鞋带绑紧些好了。

走在这片苔原上，是那样松软，想来脚下的苔衣真是不知道堆积了多少年，而小灌木随意穿插着，低矮坑洼遍布。每迈出一步，都有提溜着大靴的感觉，脚掌要在靴子里晃荡好几下。这样晃悠着走了没多久，我就试着以一种不管不顾、反正死不了人的态度去对付这次行走，竟然立刻就摆脱了"鞋子不合脚"的困扰，随随便便地迈步，坦坦荡荡地落足，倒是将全部注意力和好奇心都落在了眼前从未见过的景致上。看起来是多么荒凉啊，艾略特写下《荒原》之前，可曾来过此处？

寻北记

跟着瓦涅尼走啊走，天色阴，偶尔晴一下，又再阴。他还是穿着那身迷彩户外装，在前面走走停停地等着我们。我们仍然不管不顾地不停地拍照、远望、感慨、猜测，甚至有一刻，瓦涅尼突然消失了，我们只惶恐了一下，就看到他在前面远处被原野几乎淹没了的一身迷彩。就这样走啊走，左手边有一个湖，湖边孤傲地兀立着一株枝条萧索的树，简直就是一幅现成的油画。

这是一次空前的行走，比之前的任何一次都要无边，内心却又是坦然的。因为知道前面也许会突然出现萨米人的帐篷和驯鹿，可是在这片苔原之上，会有人类居住吗？与那个蓝色的小湖擦身而过，与那株萧索

◀◀ 我们肯定曾经遇见过

的树擦身而过，与无数浆果擦身而过，与偶尔透过云层的日光擦身而过，前方，还是只有瓦涅尼独自行走的身影。

　　我们稍微掉了一点队，不知道何时，瓦涅尼身边多了两个人和一条狗。他们简单地说着话，彼此都在朝不同的方向指着。我们当然听不懂，也没必要问，只是在与他们隔着十米之外，四顾着，心下突生茫然。这样的北风以外啊，传说中的几千年啊，居然如此真实地展现在我们的眼前了。

　　很快瓦涅尼朝我们打手势，又换了一个方向走。待再回头，那两个人和一条狗似乎已经不见踪影了。他们仿佛是虚幻又真实的存在，他们是萨米人吗？他们为什么突然出现又突然消失？

　　这一路的惊喜很多很多，都是突然出现。比如不久后，眼前突然出现了一片白桦林，是树干上的眼睛告诉我它们的确是白桦林；又是突然看到一片碧蓝的湖水，从树林里走出来，直接便是湖岸，甚至，还有一小湾沙滩；然后又是突然，我叫起来：“彩虹。”

　　是的，一道彩虹就在右前方，横跨在不远处的湖面与树林之上，阳光撕开了云层，雨轻俏地洒一阵。我站在原地，像置身在一个梦境里，仰着头，想起一句歌词：“你曾是我的天，让我仰着脸就有一切。”

　　但瓦涅尼还在示意我们继续走。

　　彩虹很快消失。这一回，没走多远，看到前面有一顶简陋的白色帐篷（或者说窝棚更合适），旁边堆着木头段，还有一把斧头正立在一块木头上，这应该就是柴火了。再往湖边的方向看，还有一个更小的屋子，竟然还有一株正开着红色花朵的花树。一个穿着军绿色外套的大妈正在湖边打电话，看到我们，很快结束电话笑着走向我们。她极热情地拿出一个大的饮料瓶，里面装着水，倒着挂在树丫上，原来瓶盖上戳了一个

寻北记

◀◀ 我们肯定曾经遇见过

小洞。她教我挤挤瓶身,水便流出来,可以洗手,然后再指指放在一旁的卷纸,可以擦手。不知道她是什么人,我微笑,点头,洗手时不小心打翻了瓶子,水洒了好多出来,心中非常愧疚,觉得好浪费,便手也不洗了,胡乱在裤子上擦擦,又跑去湖边看。咦,也不见驯鹿啊?再回身,看到一位老爷爷英武挺拔地走来,下意识地便举起相机,为他拍了一张极帅的照片。

瓦涅尼将背包里的一些东西给他们,又说着些什么,然后告诉我们,在这里午餐。我们点头,觉得当下也没办法打听什么,本着随遇而安的原则,干脆走到一边去四处乱看。找厕所,发现是很简陋地搭的一个极小的窝棚,觉得脏得没法下脚,便又继续发扬随便的原则,找了处草丛快速解决。

已是正午,阳光突然明亮起来,看到一条小路,通向又一个梦幻的远方。这是和之前阴晴不定的天色完全不同的时刻,我们坐下来,闭眼,想着,这可是北极圈里的阳光啊,多么温暖,不可思议。

很快瓦涅尼就招呼我们说可以吃饭了。大妈做着手势,叫我们进帐篷。帐篷看起来很小,里面倒是宽敞,中间悬吊着铁锅,火堆两边铺着大块的动物的皮毛。我们坐在上面,觉得皮毛暖和,毛针极坚韧粗大。瓦涅尼说,这是鹿皮。我们终于可以提问:"萨米?"他点头,说:"萨米。"

原来他们就是萨米人啊,可是驯鹿呢?想想又没有问,反正有就是有,没有也就算了,何况燃烧的火堆那么温暖,铁锅里煮的是鱼汤,奶白地翻滚着。大妈在我们对面,不停地张罗着:碗、杯、勺、面包、饼干、茶……不知道鱼是瓦涅尼带来的还是就来自旁边的湖,没有问,也懒得问。我只清晰地知道,我们正在萨米人的帐篷里,吃着他们烹煮的鱼汤,接受着他们的热情与微笑。大妈还在忙活着，不时拿出一样东西，极像我们小时候去走亲戚，人家恨不得要将家里的好东西全部都拿出来招待。

瓦涅尼也放松地坐下来，和我们一起吃鱼喝汤。我打着手势问，在帐篷里这样生火，是因为篷顶有洞所以才不会有烟熏火燎吗？他听懂了，不知道该怎么回答，打着手势，却说的是俄语。最后我们一起笑，管它呢，回国网上一搜问题不就解决了。

我说要和大妈合影，她笑起来，拢拢头发，跟我面对面凑近，一齐看向镜头，笑，只差没有比剪刀手了。她一直在说话，我们一直在笑，突然她又翻出一瓶果酱，叫我们试试。我们也没有客气，一试之下就收不了口，那样清新动人的甜蜜让从来不爱果酱的我们吃个不停。

问瓦涅尼这是什么做的，他想了想，又和大妈讨论一阵子，才告诉我们："窝肉斯噶"。不懂，便又请他写在小本子上，又用中文注了音，才记下了这么一个俄文发音的词。临走时大妈将整个瓶子递给我们，我们当下又是好一阵感动，还想着要回什么礼，却在真正要离开的时候，大妈举着一把卢布，示意我们还没有付钱。一个自作多情的误会，却是立刻叫我们心安的误会。赶紧给钱，300卢布，好，就300卢布。

我们在帐篷前合影，大爷大妈都笑得很好看。阳光这么好，瓦涅尼跟大妈走在前面，脚下的路就是之前看过的那条，飘摇着不知道可以去到什么样的远方。

云层又厚了，再次上路却是满心满身的舒服。刚喝过热汤，之前隐隐的肚子痛也好了，何况萨米大妈还不时停下来等我，蹲下身去摘一把红蓝浆果给我看，说了它们的名字，然后自己吃了。我心下不由得大喜，早就想吃了啊，赶紧也摘一把，那样红蓝透亮着，浆果像一把晶莹的宝石。一粒粒吃下，得出的结论是：蓝色比红色好吃，略酸甜，红色虽然更漂亮，

◀◀ 我们肯定曾经遇见过

却没什么味道。

这真的是一片荒原吗？荒凉无边只是表象，生生不息才是这片在北风以外的苔原的真相。

这是日光天色诡异变幻的一次行走，阴晴不断地转换着，还是那样铺展着遥远如天边的苔原。在这样的苔原上，时间于我们是不存在的，最真实的存在是突然出现在荒芜苔原上的几头驯鹿。

还是和想象的不一样，这里只有四五头驯鹿，每一头的脖子上都系着铃铛和极长的绳子，想来是为了不致走失又可以更大范围地自由觅食。而这里离萨米人的帐篷很远，或许是因为水草丰美，反正他们极放心。我们跟在大妈后面，看她怎么用小块小块的饲料喂那头鹿角最美的雄鹿。她抓一大把给我，示意我也喂喂它。心中立刻启动之前的经验，右手摊开，以为它会将舌头舔上来。可是，它就在我的面前，却不肯伸出舌头来舔走，只是不耐烦地抬起左前蹄，一脚踢在我的手上，将我左右手的饲料和相机都踢翻在地，然后，再不肯看我一眼，自顾自地低头在灌木丛里觅起食来。

忍不住大笑起来，再回忆大妈确实是将饲料抛撒在地上。这就是不肯食嗟来之食吗？后来才知道，那天以为鹿角最美的那头是雄鹿，却并不一定是雄鹿，因为驯鹿是唯一雌雄都长美丽鹿角的鹿呢。可是它真美啊，鹿角是那么完美挺拔，它的一转头一俯首，都被我贪婪地收入镜头。我疯狂的念头奔涌而出：如果能够做一个自由的驯鹿人，就在这样一片北风以外的苔原之上，无思无虑，没有爱和纠缠，多么好，多么好。

不远处，还有几头驯鹿散漫地在草地和灌木丛间悠然地漫步，低头吃草或浆果，那么逍遥无思。我走近它们，它们美丽的大眼睛只是瞟了我一眼。我翠绿与艳紫的衣裳，在它们看来当然比不过冬天到来之前满

地美味的红蓝浆果。

  云层在高空翻来卷去，我只觉得快要疯掉了，因为又一道彩虹出现，横越在这片苍黄绿褐与白色苔藓的苔原上，横越在驯鹿们的头顶。而它们对这样的美仍是不自知，它们不觉得这天的又一道彩虹几乎要将我撕裂了，而来自燠热的中国南方的我，几乎忍不住想要在这片苔原和彩虹之下哭泣。

  是的，我就是那么简单纯粹地，被这片北风以外的苔原与彩虹唤起很多隐藏的疼痛，那些坚硬与广袤，从此不曾是我的。我只是想要哭泣，觉得被这荒凉与不驯之美击倒了。

  彩虹还悬着，一转头，又有日光透过另一个方向的厚厚云层，洒落下光芒，刚好落在另外一头驯鹿的身上。这是一张被摄影师朋友小黑盛赞的照片，他觉得，这是上帝的光芒。我想，如果他在，一定也会如我一样，为这样有力量的苍凉之美颤抖而愿意跪倒。阳光又隐秘地出现，

◂◂ 我们肯定曾经遇见过

是迷人的金色，洒在我们身上，深深吸一口气，狠狠地将眼前的一切景象印在眼里。我知道，此时此刻的感受已经全然超越了此前的所有。

到底还是要离开了。瓦涅尼和大妈已经在远处，我一步一回头地走向他们，却又在身边看到一道彩虹。在北风以外的苔原之上，彩虹是这样轻易就会出现的吗？它一再地出现，一再美得诡谲，又那样短暂。我们在这四顾无人的苔原上终于笑起来，想起之前的周折辗转，真不敢相信，我们已经来了，我们真的来了。

瓦涅尼和萨米大妈等我们的地方，有一间白色小木屋，门口已经堆了不少柴火。瓦涅尼说，这是他们过冬的地方。据说到 11 月就是湖面的结冰期了，想来不久之后，这一对年老的萨米人就将离开帐篷到此处越冬。我的思绪又乱起来，想着，他们的每一天是怎样度过的呢？只是保暖这一项工作就要持续整个漫长的冬天啊，然后还有一日三餐，那么他们将如何度过这漫漫长夜呢？而冬天的北极圈内应该是都是长夜吧，照明呢？看什么书呢？听音乐吗？怎么给手机充电呢？还有，他们怎么和外面联络呢？他们的孩子偶尔会回来看他们吗？……

我以典型的城市人的思维胡乱想了好一阵，却笑着和大妈合影，说着再见，心里知道，如果真的再见，还真不知道会在什么时候呢。而在跟着瓦涅尼走向湖岸的时候，我仍然一步一回头，看着那间白色的小木屋在日落的金色里，渐渐成为一个白色小点。

每一个梦其实都是这样远离的吧，眼睁睁地，看着它们远离。

终于走到湖岸，上船，瓦涅尼笃定地坐在驾驶位，启动。我坐在船舷边，想要把自己摊开好好晒晒这一天最后的阳光，又看到一道彩虹横在湖岸边，很短的一段，又在湖岸遥远的另一头看到另外一段。这其实应该是同一道彩虹了，中间高远的一长段，被日光与云层掩盖，它仍然绚丽地在落日里真实地降临在金黄的树林与碧蓝的湖水之上。我被这奇异之美又一次击倒，一个人坐着，不说话，心里只管翻滚着乱麻一样纠缠的各式各样的念头，什么都不肯再装进去。

瓦涅尼轻轻打一个手势，说："Birds."是的，前方的碧蓝湖面上，有一列白色的水鸟啊，它们列队前行着，在湖面上击打起细碎美丽的波纹，就在我们的前面横越而去。

又一个梦，比梦还要美。

北极圈苔原上 ▼▼

留下一本书 ▼▼

寻北记 ▶▶

留下一本书，你看到了我们就遇见了

　　回到极地别墅，落日还在湖面上，日影那么美，我们不肯进屋，在外面和两只大狗玩耍着。又走向木屋的另一端，那里有一大片红艳艳的小灌木，小小的树枝里隐藏着丰美晶莹的浆果。狗狗们奔跑着跟随在身后，在我们四周跳腾一会儿，又停下来贪食着那些美味的浆果，直让人觉得天堂就是这个样子了。

　　这是最后一夜了，我内心很平静，不舍当然也是真的。看着最后一丝金色褪去，暗夜来临，我们抬头，连一颗星星都没有。我们说，这里的夜真静啊，没有虫鸣，连狗狗都不叫。想起这个白日的苔原，我仍是满心不可思议，那是美，却又让人不可置信，哪怕已经看过，仍然不可置信，觉得我们怎么可能真的走在那片苍凉无边的苔原上呢？

　　这一天，我们在北风之外的苔原上，遇到了四个人、一条狗、几头驯鹿、四道彩虹。

　　在晚餐桌边，我们问瓦涅尼："洗澡呢？"他笑起来，说："三个小时。"意思是要烧热整个浴室，需要三个小时。我们点头，觉得这是在北极圈里啊，在等待的时候，我们还可以做许多事情呢。

◀◀ 我们肯定曾经遇见过

比如,在极地别墅的那个本子上,留下自己想说的话。我是这样写的:

在"穷游"看到田田的半个帖子,就决定到这里来。完全不懂俄文,可是居然也找到了这里,也享受了洛沃泽罗最宁静的好时光。
这里是北极圈啊!
让我在路上遇见你!嗯,我们肯定曾经遇见过。

当然我也在这个本上,找到了"田苹果"姑娘当时留下的字,一整页的俄文之后,是一段真挚的中文:"谢谢娜塔莎和来沙!我们爱洛沃泽罗,我们还会回来的!北京欢迎你们!!!"

只是这一小段话,她就用了好几个感叹号。我微笑起来,觉得自己完全能够懂得那种感受。

再比如,行前我特地带去了新出的那本《让我在路上遇见你》。我们这么艰难才找到这里,如果以后也有中国人来到这里,看到这本书,或许也可以借着温暖的炉火,打发一长段漫漫的长夜时光吧。而这种形式的遇见,想一想,就觉得美好。

在北极圈最后的一夜,我伏在木桌上,在书的扉页上写下这样一段话:

亲爱的在路上的你:

当你在这里翻开这本书的时候,我们已经以这种特别的方式遇见彼此了。很偶然地知道这里,就不顾一切地来了。也许你也是偶然知道,一念之间也决定来到这里。我们不会俄语,主人不会英语和中文,可是这一切都不能减少应该有的美好。

这是我今年的新书,希望遇见它的时候,你可以拍照,然后告诉我。
左边有我的微博:@茶玫

寻北记 ▶▶

祝你们和我们一样愉快！

那一天，是 2014 年 10 月 3 日。当我写下这段文字，留下这本书，告诉瓦涅尼可以给以后来的中国人看的时候，我并没有想到，竟然很快就真的有人在微博上告诉我，他们也去了俄罗斯的北极圈，在洛沃泽罗的极地别墅里看到了这本书。

至少有四拨陌生的朋友，他们去到那里的时候，已是深冬 1 月，冰天雪地的洛沃泽罗，与我遇到的深秋自然有着完全不同的景致。他们玩鹿拉雪橇，挖冰洞钓鱼，还看到了迷丽彩幻的极光……其中一个是福建的"一叶书"，他在穷游"田苹果"的帖子里看到我说已经去过，便细细咨询了行程，一路慢慢地旅行，终于也去了。我第一次在微博上感受到这样的遇见，是在 2015 年元旦那天，我彼时正在越南的会安迷失在彩色的夜灯里，一时间，竟是莫名的感动。

直到 2016 年 1 月 26 日，我还在微博上看到 @ 小欣子 victory 从摩尔曼斯克机场发来的照片——有我留下的书、我写在扉页上的字，还有其他陌生的朋友写下的文字："致在路上的你：很开心以这种方式奇妙

◀◀ 我们肯定曾经遇见过

地相遇了,这里单纯美好,头顶上璀璨迷离的星空,有美轮美奂的极光,不禁让人想起《这么近那么远》这首歌。"

"在路上的你:在这里我们遇见了,不知道你们看到这张明信片的时候是什么季节,白雪皑皑的冬天,还是午夜太阳的夏天?"

"亲爱的来到这里的你:当你看到这张小条时,我们也以这种方式遇见彼此了。我们坐雪橇穿过结冰的湖面,看到和天连在一起的白雪、萨米人的发源地和水墨般的山……"

经由这些温暖的传递,我一次次地相信着,在这个世界上,需要并懂得如此美好遇见的陌生人竟然真的存在。

在洛沃泽罗的最后一晚,更加美好的事情,自然是格外期盼的俄罗斯浴。之前大概知道,俄罗斯浴一般都是在木屋里,和我们所知的桑拿大致相似,只不过极地别墅是没有这些现代设施的,而是用木柴取热,将整个浴室烧得暖烘烘的。我们从住的小木屋,在夜晚的寒风中走到浴室,一进门就是温暖的惊喜:木桌上居然备好了红茶和蜂蜜糖包,而在一旁,还贴心地备着保护头发不致被烤伤的毡帽。

那间小小的木头浴室早就暖得不得了,浇一瓢水在滚烫的石头上,热气升腾起来,我们的身体很快就被蒸热了。这两天在圣湖和苔原上被冷风吹过、被冻僵过的身体,在这热气里完全苏醒。浴室里还有一大桶热水,桶里泡着一大束柏树枝,这个是俄罗斯浴最不同之处:洗完蒸热之后,是要用这样泡过的树枝抽打身体的,一直要抽打到全身通红,有人还会再浸到冷水里去,体验一回冰火两重天的滋味。若是如此反复三四次,想想都是一件极爽的美事。

我们浑身暖洋洋的,轮流躺在木板上,互相用树枝抽打,水真是滚烫啊,很快就感觉到了眩晕。直接打开大门,拼命呼吸着外面冰冷清爽的空气,好一阵子才慢慢缓过来。等到泡好茶,慢慢喝下去,才感觉终于还了魂。我们笑起来,终于明白了,原来红茶和糖包是这个作用呢——预防高温下的低血糖。

这真是一次美妙别致的体验。北极圈里的最后一夜,我们站在暗无边际的夜里,觉得自己就是站在宇宙的深处,那样无依无靠,又是那样相互依靠。这个夜晚,与之前所有的夜晚都不一样,我感觉到的是无尽的虚空与饱满。

90

呼吸一万次为香奈儿 5 号带来灵感的空气

在俄罗斯的北极圈，我们其实只待了四夜。可是这深秋的四夜啊，让人觉得那么漫长深刻。在摩尔曼斯克的第一夜，我们走下楼准备去超市买些吃食，一抬头，竟然看到天空中漂浮着几道绿色的光。我脱口喊："极光！"

其实我们一直都不知道，那个夜晚，那一刻，看到的到底是不是极光。那些飘忽迷幻的绿光，很快就渐渐淡去，直让人怀疑刚刚才惊呼以为是极光的东西到底是不是呢？我们讨论着如果真的是极光，或许当地的报纸明天会有报道吧？但我们反正也是看不到的，无论如何，不管是不是，这北极圈的第一夜，这带给香奈儿 5 号香水灵感的清新空气，就这么深深地刻在心里了。

其实这短暂的五天四夜，留给我们的何止这些？

这北极圈的小小的探索，回头想想，节奏竟是极合理的，比如先是在摩尔曼斯克小小停留，然后才是渐入佳境的洛沃泽罗，圣湖与苔原接踵而来，迷丽与精彩如同一浪高过一浪的高潮，将我们整个覆盖，接近窒息地覆盖着，情愿就这样不要醒来。

◄◄ 我们肯定曾经遇见过

摩尔曼斯克博物馆就在我们所住公寓的附近。步行到门口，还差十分钟才开门。刚好有一队幼儿园的小朋友排着队要进去，那些可爱的小面孔每一张都像花朵。

这其实是一座极简单的博物馆，其中很重要的一部分，就是展现萨米人的生活形态，那些窝棚、吊锅，穿的毡衣，戴的毡帽，那些驯鹿的身影，直到去过之后再回想的时候，才觉得这一切是那么奇妙。之前的参观就如同资料翻看，而真正身临其境了，那些翻看过的资料就得到了真实美好的印证。这其实也是旅行的意义中最重要的部分。我们在美丽风景里感慨赞叹是一回事，真正最值得怀念的，就是那些与过往认知相关的印证或纠正。

作为北极圈里唯一的不冻港，摩尔曼斯克曾经在一战中占据着极重要的地位。事实上，这个城市纯粹是因为战争建设而成的，所以我们看不到俄罗斯其他城市都能看到的或传统或欧式的建筑，基本都是中规中矩的战时建筑。可是，这能成为我们不去摩尔曼斯克的理由吗？那里在北极圈啊，那里有洛沃泽罗湖啊，有萨米人和他们的圣湖与苔原啊。而在出发去洛沃泽罗之前的正午，我们问着路，急切地飞奔向停泊在海边的已经退役的"列宁"号核动力破冰船，那也是极难忘、极动人的一次经历。

"列宁"号核动力破冰船是全世界第一艘采用原子能反应堆产生的能量进行行驶的船只，1957年下水，1959年12月7日首航，比美国第一艘核动力水面舰艇导弹巡洋舰"长滩"号(CGN-9)早了两年多。"列宁号"主要执行北冰洋地区的考察和救援活动，除了1967年曾靠港进行过维修外，几乎在北冰洋上不间断地航行了30年。1989年，32岁的"列宁"号正式退役，长久地停泊在北冰洋不冻港摩尔曼斯克，成为一座海面上的博物馆。

破冰船內 ▲▲

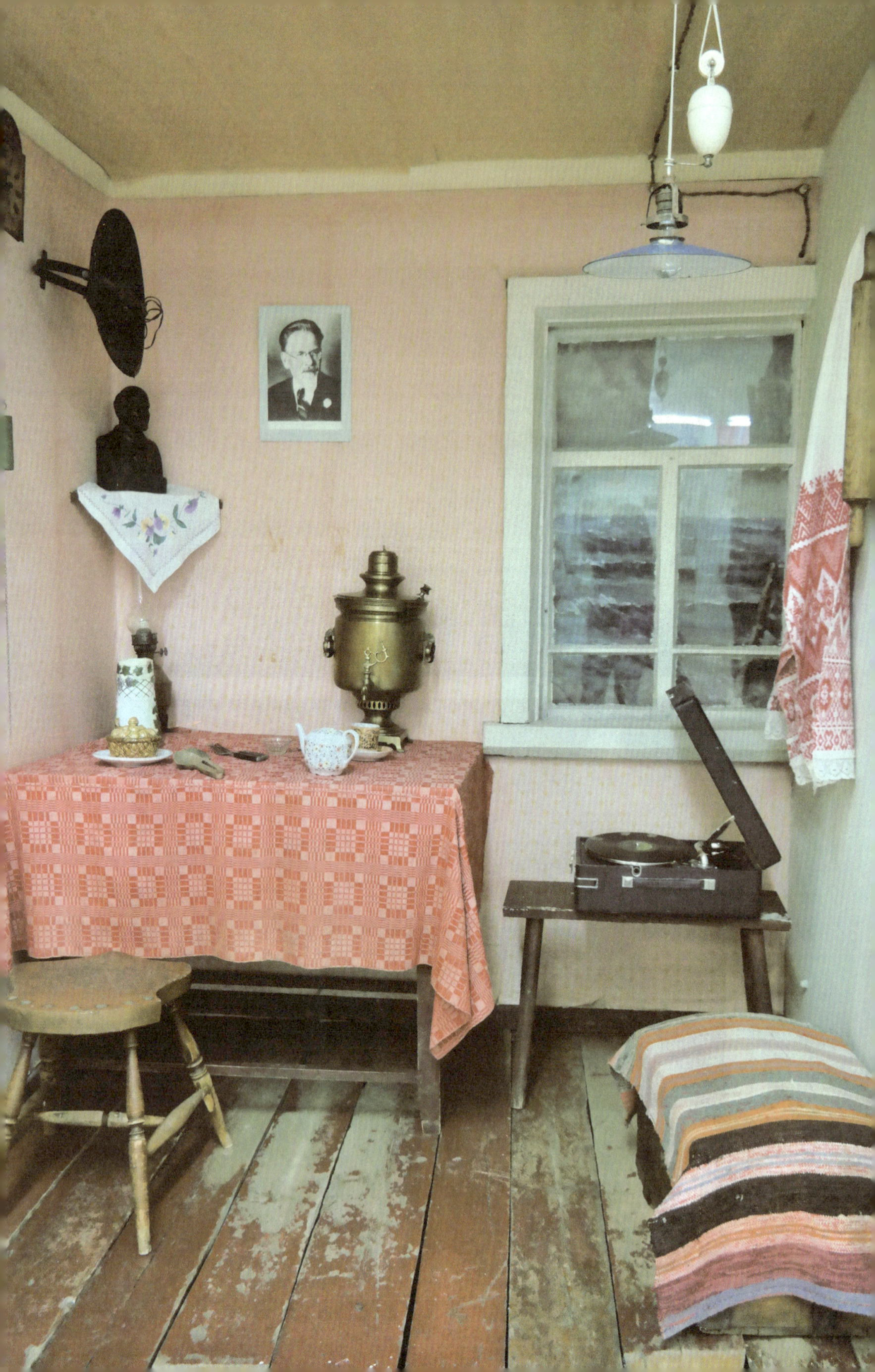

我们在船上自然一句都没有听懂导游的俄语介绍，本来跟的是英文队，可是一上船我们就好奇地私自四窜，不知道何时就跟了个俄语的队伍。这不要紧，光是看看那些神气的仪器和仍然摊开的军事地图，摸摸船长室里的方向盘，在船员餐厅里想象当年船员们在这里大开音乐派对，再遥想当年这艘船的勃勃英姿，我们就已相当心满意足。

在俄罗斯《孤独星球》上只有一小段文字介绍这艘英雄战舰："到这艘1957年的'列宁'号核动力破冰船上四处看看，向你最狂野的航海/北极探索/冷战间谍幻想屈服吧。……有机会按按那些外部隐隐约约有点邪恶的按钮，在破旧的苏联地图室里搜索，让人觉得自己花的每一个卢布都很值。"

确实就是这样的。这艘火红的核动力破冰船仍然是那般英武雄壮。当我们在码头等候的时候，还看到码头栏杆上锁着无数同心锁。这些爱情的象征在北极圈的退役战舰旁边，显得格外坚贞与长久。

我们仿佛直接从"列宁"号踏上了前往洛沃泽罗苔原的不可思议的旅途。在那几个短暂又漫长的日夜，我们贪婪又满足，一边觉得应该多留点时间在这里，一边又觉得好在有了这几天，让我们有了刻骨的第一次关于北极圈的记忆。

最后一天的清晨，瓦涅尼驾船送我们到洛沃泽罗小镇的码头，我们才想起来居然还没有去小镇上逛呢。据说镇上有一份萨米人的报纸，还有一座萨米人的博物馆。但是我们没有半点遗憾，毕竟，极地别墅的三个夜晚已经极度美好和深刻。当司机再次将我们送到摩尔曼斯克机场，在北极圈城市的艳阳与蓝天下，回想前几日刚刚经历的冰湖、红月亮、秋林徒步、萨米人的帐篷、煮鱼的吊锅、苔原上红蓝浆果、驯鹿与彩虹、翻飞的白鸟、寂静的夜色、热腾腾的俄罗斯浴……竟过了觉得像已经一辈子那样漫长。

◀◀ 我们肯定曾经遇见过

　　这一天，我们要从摩尔曼斯克飞圣彼得堡，最后的时刻，我们长久地静默着，深深呼吸着摩尔曼斯克北极圈里专属的为香奈儿5号带来灵感的清新空气，眼底有隐约的泪意。

　　我知道，我一定会再来的，是的，这一片注定会让人魂牵的广袤苔原，我必定会再回来。

· 乱扯 ·
//////

VO MEN
EN DING
CENG JING YU JIAN GUO

◀◀ 我们肯定曾经遇见过

不旅行会死吗

前些天，在广州珠江边美丽的"榕荟"做了一场主题为"我们为什么要旅行"的茶玫体验课。本来还有些担心因为不是周末没有人来，想不到竟然有不少陌生朋友从四处赶来。

当下是真感动。

那个下午我和大家聊"为什么要旅行"，除了讲一些自己的旅行故事，还列出了几个问题——"为什么要旅行？""一定需要旅行吗？""真的可以说走就走吗？""如何确定旅行目的地？""如何定位自己的旅行？""出发前是否要做功课？"

这样的讨论于我其实也是学习和收获，尤其是坐在一起的大家都是爱旅行爱茶的。与其说是一堂两小时的分享课，不如说是一次聊天。

这天我没忍住，说了好多一直想说的话，虽然跟一些所谓高品味的正流行的旅行定位相悖，但我还是说了。

比如，为什么一定要辞职才去旅行？辞职了就真的可以专心去旅行了吗？又比如，我最恨那些装模作样地说："哎呀，我去哪里从来不做功课，走哪儿算哪儿。"

乱扯 ▶▶

要出门总得坐飞机、住酒店吧，查找这些信息就不算功课了吗？

每次碰到这样的人，我就不说话，赶紧闪人。道不同不相为谋，而且，我真心觉得他们要么装，要么不懂，其实心里头还会默默跟一句："狗屁！"

我和现实中的大部分人一样，时间和旅费都有限，一边要应付现实生活的一地鸡毛，一边还要和心里汹涌的梦想去斗智斗勇，千方百计想要去实现梦想又要提防不要被梦想绑架，以至于时时冲动最后反而让自己失掉可能比梦想还重要的安全感……我一直都觉得每个人的旅行都是私人的，就如同每个人的人生。你甚至还可以说不需要旅行，是的，只要你觉得当下的生活可以令你舒服坦然，不旅行又怎么样？不旅行会死人吗？

当然不会。

虽然我是一个经常想要（并且需要）在外面晃的人，但同时也会发自真心地觉得，旅行真的不一定是每个人的必需品。宅在家里也很好啊，可以喝茶听音乐种花发呆，谈情与说爱。有人喜欢宅，有人喜欢到处乱跑，都是私人的事情，根本无须评判。就像古龙小说里经常有美丽的侠女在跟人吵架打架的时候说："我喜欢，我愿意，你管不着！"

不旅行当然不会死，但如果我们真热爱并需要旅行，那么就真看不惯那些装作丝毫不在意的面孔。这些面孔会很装模作样地说："我出去从来不做功课，因为我不喜欢被限制，我喜欢自由自在。"

后来晓希跟我说："我也最讨厌那种人，就像学校念书时那些所谓'学霸'，每天装作不努力不勤奋，其实背着人不知道怎么熬夜用功，非得要这样才显得智商高吗？"

其实，关于旅行功课的部分，有人是真不喜欢做，喜欢拿别人的来参考，这也无可厚非。别人的功课也是功课，你在这个"拿"的过程中，

◀◀ 我们肯定曾经遇见过

其实也是做功课了。如果你真的完全不做功课，相信我，你是绝对出不了门的。

因为，如果你真要出门，就必须买机票，办签证，订酒店，这不是功课是什么？就算跟旅行社报团，你也得至少多选几家才决定吧？如果单纯跟着朋友走，人家看啥你看啥，人家吃啥你吃啥，你只管带着钱和自己的话，那么至少你还得自己收拾行李箱吧？还得看看要去的那个国家用什么插头才能给手机和相机充电吧？不然，你拿什么在朋友圈里晒呢？

我是特别喜欢做功课的。"如果你认为做功课只是确定路线、预订酒店、寻找美食的话，那么真的太初级了。"这句话是写在我的PPT里的，这确实也是出发前最必需的前提，但旅行的功课其实应该还包括更多。我们需要对旅行目的地有更深入的了解，比如至少提前看几部经典电影，翻几本讲述当地文化的书。

哪怕仅仅是出于卖弄的需要，这些功课也很必要。我在去伊朗之前，因为对古波斯和《一千零一夜》心怀景仰，于是去网上买了并翻完了好

乱扯 ▶▶

几本类似古代波斯文化对世界文化的影响之类的书，又读了伊朗诗人哈菲兹的好些诗（其实是我的朋友晓岚给我的，这是她之前就做好的功课），看了《一次别离》《小鞋子》《我在伊朗长大》这几部伊朗电影才敢出发。而这些因为旅行而做的功课，其实也是学习啊，懒惰与不求甚解如我，是心甘情愿地以这种方式去愉快地学习的。

做功课的过程确实很纠结、很麻烦，可也是有很多快乐的。比如，可以提前畅想，待真正到了彼处，实景与之前的想象又会多一层对比印证或修正，这些都是无限的美事。就像我们在伊朗必须每天包裹着头巾，偷偷被司机带去朋友家喝酒的时候，因为看过《我在伊朗长大》所以完全知道缘由；就像那天晚上来到伊朗设拉子哈菲兹墓前，就会想起诗人的诗：

花园里是盛开的蔷薇，
何人能够把它采集？
只有被蔷薇刺伤的心，
才能懂得蔷薇的甜蜜。

对啊，这很文艺、很矫情。可是，我喜欢！我乐意！你管不着！

如果还是有人打死也要说不做功课喜欢"自由"，喜欢"流浪"，那么其实人家同样也可以说："我喜欢！我乐意！你管不着！"这事儿还真是谁都管不着，但就算谁都管不着，可以稍稍对自己的心真实一点吗？

真正的流浪汉和吉卜赛人，也要想着明天的晚餐和方向。

至于不旅行会不会死，其实真不是问题。比如，我已经四个月没有出去了，手头没有一张待飞的特价机票，也还是活得很好。

◀◀ 我们肯定曾经遇见过

逛市集

那年9月，终于去了西班牙。

行前便预订了好几个城市公寓，决定要在当地逛逛市集，自己买菜做饭吃。欧洲的市集真是棒，干净漂亮，价格真心不算贵。为此，行前，我专门买了一本韩良露的关于欧洲市集的书。

写这篇文字的时候，是在巴塞罗那的最后一夜。我坐在公寓的阳台上，打开iPad决定要写点什么。到底写什么呢？当然是刚刚逛过的市集。

一直都喜欢去逛异地的市集，在中国一律叫作菜市场。遗憾的是，中国还没有跳蚤市场和周末市场之类的传统。不过没关系，只要是在别处，市场总是会叫人惊喜，那里总是洋溢着滚滚红尘般真实的当地人的气息。

很多年前去西安，临走前跑去旅馆附近的市场，当下就激动得屏住了呼吸。彼时正是夏天，各种在南方金贵得很的至爱的桃、李、杏，仿佛刚刚从树上摘下来，光是看着就已经感觉到那些水果有多么饱满多汁了。于是买了一大堆，打包成一个纸箱子，兴致勃勃地扛了回来。

关于市集的记忆，还有在大理的赶集，在雷州南门市场看人家绞脸，

市集 ▼▼

◀◀ 我们肯定曾经遇见过

在南澳阿德莱德的市集为各式海鲜垂涎，在泰国曼谷的查笃昌周末市场狂买，在新西兰皇后镇的 Art 周末市集挑手作，在印度斋浦尔我们更是跑去人家卖布的像仓库一样的房间里，一头跌坐在里面疯了似的挑来挑去……

逛市集的乐趣和日常过日子的烟火气并不完全类似，虽然可能卖的东西不过是肉菜、海鲜、调味料，可是，那异地的气息总是充满了在别处的味道。

此时，我正在西班牙巴塞罗那一间公寓的二楼阳台上，正是夜晚 10 点。楼下小巷都是走来走去的当地人，斜对面有家小酒吧，身材很好的年轻男女大声说笑着，抽烟，握着啤酒，有着某种欧洲电影特有的调子。这些于我也就只是电影场景了，我更喜欢的是楼下右转步行 20 米处的市集，整齐漂亮的当地居民日日都会光顾的市集。

临行前就决定，这次西班牙的旅行一定要自己做做饭，预订酒店时便挑了这栋有厨房的 40 平方米的公寓。没想到的是市场竟然近在咫尺。

从法国阿维尼翁坐夜车到巴塞罗那，抵达时是凌晨五时一刻。打车去公寓，又在找路时发现了刚刚开门正在整理蔬果的市场，当下忘记了疲累，立刻盘算起当晚要吃些什么。

于是，这一天的晚餐我们吃的是煎猪肉饼、茂德公香辣酱炒蘑菇、西蓝花、油醋沙拉，面包也是刚从楼下面包店买回来的。买油盐调料是个大问题，其他的还好，指着想要的东西，人家称好直接就看电子秤盘显示。可是调料怎么也搞不明白。比如，看着某种像油的东西，去问人家，人家讲一堆西班牙文，我们就傻了，好在旁边一对老夫妇懂一点点英语，告诉我们这是做沙拉用的，又指着另外一瓶东西说"Meat"。收银的帅哥也不管收钱了，掏出手机用了个翻译软件，把这个东西的英文找出来给我们看。好吧，原来这玩意儿是醋。看在才 0.44 欧元的分儿上，买吧，于是当晚的沙拉就是油醋汁的了。

这天下午我们在巴塞罗那兰布拉大街闲逛，不小心就逛进了《孤独星球》推荐的盖博利亚市场，市场里的摊位那叫一个新鲜漂亮整齐，色彩缤纷到想要跳舞，每一个都像电影场景。原来我们在电影里看到的，其实就是人家的寻常日子呢。

市集应该是最能了解别处生活的地方了，而在旅行路上偶尔自己做做饭，便也可以略略慰藉一下自己的中国胃。更有趣的是，从地铁站走回公寓的路上，有一间小店是中国人开的，因为在那里买过一小瓶盐，店主便成了每天路过都会用中文打招呼的熟人。

在西班牙热情明媚的阳光下走着走着，便会微笑起来，异乡其实处处都有温暖呢。

BONDED SERVICE STATION
CHICAGO MOTOR CLUB
A.A.A.
ILLINOIS US 66
HISTORIC ROUTE 66 TOURIST INFORMATION CENTER
Drive Safely!
ILLINOIS US 66
Get Your Kicks on Route 66
Chicago, IL----250 miles
"GET YOUR KICKS ON"
ROUTE 66
Henry's

乱扯 ▶▶

66号公路艳遇

旅行路上的艳遇，必须是最美好的艳遇款式。想想看，一路陌生而激动人心的美景美食，配备最轻松最没有日常烦恼的心情模式，然后，帅哥突然出现在你的面前朝你微笑，深深的眼窝里满含着深情。你只需勇敢地莞尔一笑，一段浪漫的艳遇故事可能就正式开始了。

当然这也可能是最理想的艳遇模式，就像《罗马假日》那样，新鲜、刺激、陌生，并且不必担负任何责任，只管心神俱醉。

广州某个闺密聚会的晚上，我们都在说艳遇。起因不过是因为海飞在66号公路有一场很文艺的艳遇，她甚至鼓动我必须写一个关于艳遇的故事，并不惜贡献自己和那位艳遇对象的合照。

我先贡献了以下这个故事之后，海飞才把她的艳遇故事完整地贡献出来。

先说说我的吧。某年情人节傍晚，我一个人在伊斯坦布尔大巴扎买银茶壶，讲完价成交之后，那个不帅的小个子土耳其男人突然神秘地把我拉到角落，小声说："今天晚上，我们两个，一起。"

完全没有思想准备的我当时怔住，习惯性地厉色告诉他，我的男朋

◀◀ 我们肯定曾经遇见过

友正在旅馆等我。于是他摆一下头,就此打住。我的结论是,如果大家有伴在一起,尤其是有男伴的时候,这种滥艳遇是完全不可能发生的。当然其实还是有些忿忿:为什么是这样一个不帅的男人?为什么是在拼命讲价刚刚做了一笔生意之后?为什么不是在浪漫的日落下?

而海飞的艳遇是那样美,至少男主角,她认为相当帅。

她去美国开会,中间有几天的时间,进行了一段66号公路的旅程。而那位笑容亲切的阳光男生,24岁,是当地旅游局负责接待的公关人士,那一路各国业内人士都有,他唯独喜欢和海飞在一起,而海飞和他也有说不完的话。听到这里,我很狐疑地问:"你英语这么好?"她羞涩地一笑说:"你知道,在这种情况下,英语自然就好了。"

她一直讲啊讲,讲对方如何给她拍照,她如何让他帮她拍照,又如何一起自拍合影……讲来讲去,全部都是一些纯情范儿,她兀自陶醉到不行。

晓岚在对面摇头,说:"哎哎,终于明白为什么老男人面对小女生是那样急切不堪,这典型就是消费小鲜肉哇……"我纠正她说:"老女人也会沦陷于小男生的。"

大家一起追问着后来的情况,海飞终于害羞地答:"好吧,其实都是我在一厢情愿。"

我们一起哂笑,觉得这哪里算得上艳遇嘛!艳遇,哪怕不是天亮后才说分手的那种,至少也得是电光石火般短暂地燃烧吗?不是得侬侬着看次星空,看场落日?不是至少牵个手、诉个衷肠?

想起在伊朗设拉子,因为急着去看清真寺而和同伴走失,当我在夜色中终于走出清真寺,迎面撞见下午在茶室遇到的一个伊朗男生。他试图陪我一起找同伴,说是正在学中文。我们在巴扎里寻了一路未果,他就说:"不如我们去喝茶吧。"于是去喝茶,其间我还势利地瞟到他似乎从裤兜里掏出钱包来看了一眼。

走在路上,他试图牵我的手。我挣开,说:"我的朋友告诉我,在你们国家,如果不是夫妻是不可以这样的,不然会被警察抓去。我们只是朋友。"他大笑,说:"伊朗现在已经很不一样了。"但是呢,他重复了我说的话"我们只是朋友",之后就再没有试图亲近我了。

早几年还有朋友不怀好意地问:"你老是出去有没有艳遇啊?"

每逢此时就备感自卑,天知道我是有多想要艳遇,可是又不知道为什么,一出去就忘记了世间还有艳遇这件事。哪怕一个人也能面对夕阳星空,唏嘘感慨为何世间竟有这般美色,至于逛市集买耳环则必须是一个人才能兴致勃勃地去完成。当然,对英语自卑也是极其重要的原因,人家的眼神才刚刚递到半路,就赶紧闪开了。只不过,伊朗那一路的英语使用,让我无比同意海飞说的,在那种四目相交的情况下,英语自然就好了。

说到底,我们没有我们最想要的那种艳遇,其实还是因为我们的面孔不够绝色,身材不够惹火。至于什么才是我们最想要的艳遇,基本情形应该如下:男主角俊朗,眼神如电,身材性感,要么在下榻的星级酒店,要么在海边沙滩,要么在文艺的书店或咖啡馆,要么在火车或飞机上相遇,然后,他或狂野奔放,或敦厚儒雅,反正,至少那一瞬间,会让你相信前生来世的事情。当然,他还必须是主动的,参考版本除了《罗马假日》,还有《泰坦尼克》《日落之前》《巴黎一夜》之类。

很早之前就有研究星座的朋友很鄙夷地对我说:"你们 B 型天秤座就是那样的,明明心里已经惊涛骇浪了,表面还非得装作云淡风轻。"

哎呀,可不就是这样吗?所以我们经常只是在五步之外和各种好男人艳遇着,现实当中如果有一天真的遇到暗恋好久的李宗盛,我到底该怎么办呢?

◀◀ 我们肯定曾经遇见过

　　这一晚，资深旅游从业者海飞最后又给我们讲了一个故事。前年在南极的船上，有一位英俊的法籍服务生，每餐都会在一个 90 后佛山小美女的桌上用餐巾叠一朵美丽的玫瑰。最后要告别了，男生自制了一束玫瑰花送给女生。下船之际，八卦的领队海飞眼睁睁地看到，男生站在三层的船舷边，一直深深地、默默地看着女生渐行渐远……

　　她总结说，艳遇，就应该是这样的。

故事 ▶▶

和老妈的旅行

这两年，我终于可以偶尔向闺密们说一件事情，说一件关于初中毕业跟着老妈旅行的往事。

那个没有作业的暑假，我把家里书柜里《史记》之类的书翻出来放到自己的床头，装作要好好读书的样子。突然听说老妈要去华东出差，又听到他们嘀咕着是不是要带孩子一起，再后来就接到通知说让我也去。

我当然没有自己的旅行箱，没有草帽，没有防晒霜，没有旅行的鞋子，就带了几件换洗的衣服、两条连衣裙（一条姑妈给买的大红乔其纱，一条楼下裁缝手作的淡黄彩色波点布裙），穿一双凉鞋，空着手就跟着老妈出发了。那时还是非常短的短发，因为发质蓬松，照片里一直呈现着狮子头的面貌。"狮子头"是那时候的外号，很伤自尊，以至于有了自主权后，一直都是留长发。

和我妈一起出差的还有一个叫陈丽的年轻姑娘。这一路，我们先坐火车到重庆，然后坐轮船过三峡，途经武汉、南京，最后到了上海。在船上认识了一个名叫周雨林的大叔，一见之下就好仰慕，因为感觉他是

和老妈的旅行 ▲▲

作家，结果也如我所料。

再后来我妈在上海办完事，带我去锦江乐园坐了过山车后，又坐着海轮去了宁波，又去了普陀山，再去杭州游了西湖，最后貌似是从上海坐火车回到重庆。

没有算过这一路有多少公里，但这确实是我人生中第一次出远门。回到家，我爸认真地问我有什么感想。我想蒙混过关，就说祖国的大好河山真好啊。可是我爸很严肃地告诉我，他们叫我出去的目的，就是想让我多出去看看，知道外面是什么样子，努力读书以后离开这里。

父母都是因为各种原因被分配到山区厂矿的，所以他们总是对我说要好好读书考上大学离开这里。相信所有相同背景的孩子，从小都是在这种训导下长大的。

事实上，这次远门并没有让我激荡起宏大的理想来，却留下了最深、最长久的一道阴影。那一路，我正处于青春期，我妈才37岁，两个人一直都在各种争执，到最后，气极之下，我妈每天都要唠叨几句："早知道就带三妹出来了。"

老三一向乖巧可爱，我早就嫉妒了，她这么一说，我暗伤得很严重，严重到此后的许多许多年，我从来不曾和我妈出过远门。

有一年9月去青海，在青海湖边觉得真是好美好美啊，心里自然窜出来一个柔软的想法，于是就给老妈打电话，说："以后我每年都要请你去一个你想去的地方旅行。"

是的，是请，而不是陪，不是一起。

我妈一直爱在外面跑，带小时候的喷帅去北京爬长城，去沈阳看她的大哥，和朋友们一起去黄山农家乐一住就是半个月，去厦门鼓浪屿，一个人背包去杭州周庄，还一个人去了巴厘岛半自助游……当然，其间

◀◀ 我们肯定曾经遇见过

很多次跟老三一家自驾去川北,领略各种草原啊,藏地风光啊,可是,她的旅行我一直没有参与过。

直到前几年那次和朋友们的新年愿望聚会。

和几个闺密在每年新年时都会小聚一下,总结当年,说说新年的愿望,然后来年再总结,再许愿。这个聚会非常有意义,而在那次聚会上,我其中的一个新年愿望,就是希望能够带老妈出去旅行一次。我说,我想走出年少时的阴影。

于是这一年,我们真的去了文莱,一个不太有人愿意专门去旅行的国家。

7月,文莱很热,几乎没有什么公共交通,预订的酒店是吴尊老爸开的。行前我再三和老妈说,我们就慢慢玩,不要赶啊,千万不要赶景点啊。老妈非常懂,一直点头,说:"你想睡觉就睡你的。"

想想当年在上海、杭州,我但凡想赖一下床,我妈就要气得大吼:"花

乱扯 ▶▶

这么多钱出来就是为了来睡觉的吗?"

在文莱的那几天,我努力地安排好每天的行程。出门就租一个华人大姐的车,我们去逛蓝白清真寺,逛夜市吃小吃,逛印度街,逛皇室博物馆,去帝国酒店自助餐厅,看着落日吃当地风味自助餐……这个国家安排六天五晚的行程,时间确实空得有点多了。

我们互相拍照,像一切爱美的女生。我们一次次地去酒店附近的蓝色清真寺,在落日里等最美的光影。老妈耐心地坐在一边,等着我完成我所有的文艺行为。回到酒店,她就先洗漱,看电视睡觉,我就敷着张面膜,跑去大堂蹭 Wi-Fi。

好像也没有什么隔阂,好像隔了这么多时间,一切都没有什么了。

那么,是不是还可以继续和老妈一起旅行?毕竟她一年年老了,再让她一个人出去,肯定是不放心的。而且她总是舍不得一个人住一间房,住到十天就心痛得要跑回来了。

之前看我去印度、尼泊尔、西藏,老妈很眼馋,早就说过也想去。当然也可以报团,可是她无论如何约不到伴,一个人跟团去过韩国,但很明显,觉得不好玩。

趁着某次淘宝旅行特价,我一眼就看到了尼泊尔的机票,稍稍纠结了一下,我果断地买了两张。

尼泊尔当然是去过了,还是一次非常完美的旅行。可是老妈一直想去,那就和她一起再去一次好了。

这是一道埋藏很久的柔软的阴影。母女长久地朝夕相对,总是难免各种摩擦,可我们仍然是相爱的,我们仍然是愿意为对方着想的。我们再一次出发,不管怎样,这是一个打了很久的心结,我愿意慢慢地去解开。

和父母去旅行,真的,对我们这种任性又自我的文艺女青年来说,

◂◂ 我们肯定曾经遇见过

是需要极大的耐心和勇气的。可是,这又是不得不做的人生功课,在旅行的路上,我们会比其他任何时候都更相爱,更相依为命。

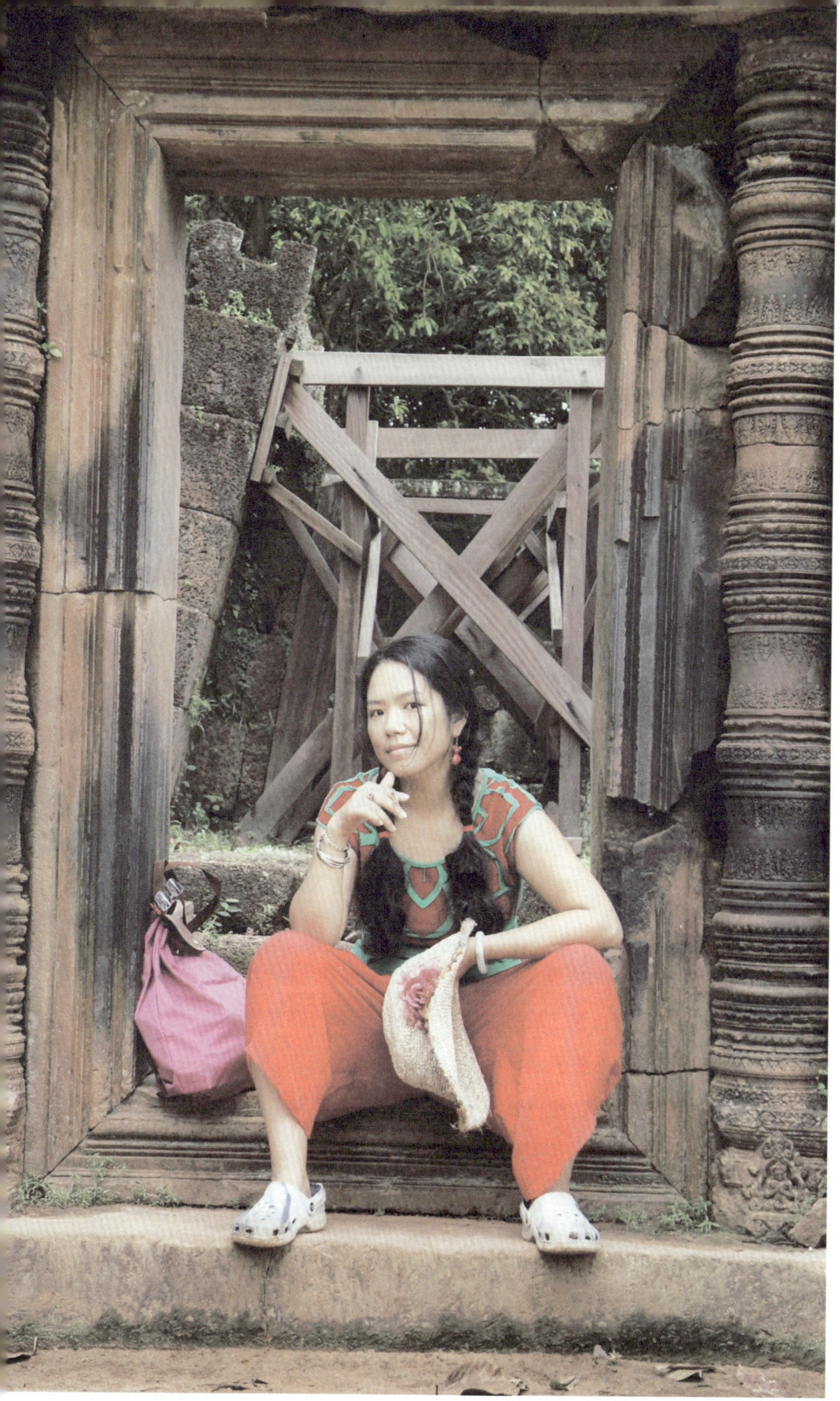

◀◀ 我们肯定曾经遇见过

旅行的鞋子

旅行时鞋子的重要性，有时候堪比旅伴。

十年前的夏天因为辞职突然有了很多时间，便计划要去川北和云南走一趟。当时还不太懂鞋子，只知道反正要适合走路，然后要舒服，再加上也不知道什么时候会回来，那次出行穿的是一双百事的蓝色运动鞋。

那双鞋子也挺好看，也挺舒服，我甚至穿着它去了稻城亚丁，爬上了牛奶海、五色海。只是后来到了丽江，下暴雨，那双鞋一出门就湿透了，便直接进了一家户外店，买了双防水的徒步鞋。干爽的感觉舒服死了，那双湿透的鞋子直接就不要了。

这双徒步鞋应该是高仿的户外牌子，当时不懂，但鞋子看起来就很专业，最关键是下雨天走路不湿脚，于是高兴了一路。就这么一直穿着，一直穿到了后来的青海、尼泊尔。

后来越走越远，有一天突然想：旅行的时候一定要穿牛仔裤、运动鞋吗？舒服倒是舒服，可混在人堆里，或拍成照片回头看，简直跟路人甲乙丙丁没有两样啊。

然后终于慢慢开了窍，开始要求自己旅行的鞋子既要舒服又要好看，关键是得自己喜欢。那本《让我在路上遇见你》的封面照片上，我就是穿了一双洞洞鞋配大裆裤，自己本来没觉得有什么奇怪，可是书出来后，我听到好多认识不认识的人朝我喊："居然穿了一双这样的鞋？"至于裙子能不能搭配洞洞鞋，那真是见仁见智的事情。为什么不能呢？10月的柬埔寨仍然是热得要人命又多雨的季节，洞洞鞋简直就是必需品，双脚随时需要呼吸，又不怕蹚水，晚上回到酒店，还可以直接奔向游泳池。

我曾经穿着一双白色解放鞋跑去中欧，无论配花裙子还是花裤子，一点也没觉得难为情，反倒觉得很自由舒服。那个超级好的橡胶底可以让我一天走路六个小时，脚底板也没有觉得有多累。

再后来我有了一双大红的马丁靴，那简直是秋冬出行的绝配啊。走路既舒服，又不怕下雨，同时又保暖，随便怎么糟蹋，擦一擦又是红装美人一个。

关键是拍起照片来，是那么跳脱美丽。

后来旅行箱里一定会多一个小小的鞋盒，旅行出差专用的那种，可以刚好放下另外一双备用鞋。比如出发时穿一双马丁靴，再放一双平底鞋或帆布鞋，去到某个美丽的目的地，便可以很风骚地让辛苦一路的马丁靴喘几口气，换上另外一双舒服漂亮的鞋子，只管拍照去。

有一年去云南大理青庐采访，赵青跟我们说了关于房子的几句话，大意是："待你们走了，我们清洁好房子，再隔一天，才会接待其他朋友，因为房子也是有灵气的，也需要透透气。"

后来我每次都会这样想：衣服、鞋子、包包都需要透透气，人更加需要透透气。

偶尔也会检讨自己，看看鞋柜里那么多鞋子，却很难找到两双以上的黑色。如果花同样的钱，我总是不肯把钱花到黑色的物品上去。虽然也意识到这个毛病，但到下一次花钱的时候，还是会想都不想拿起红色、

我们肯定曾经遇见过

绿色、蓝色、玫红色、白色，但就是不肯要黑色。

我知道这是病，但没关系，好在不祸及旁人，最多让你们侧目，反正我也不在乎。

旅行的鞋子不仅要舒服，还要好看，因为不可能带很多鞋子出发，所以塞进旅行箱的，最好都是万能搭配的那种，也就是既能配长裙，也可配哈伦裤。平底软皮鞋或彩色帆布鞋都是上选。

当然洞洞鞋真是一个意外的搭配，但如果款式、颜色配好了，似乎也还是可以见人的。

乱扯 ▶▶

适当的矫情是我最大的优点

某天在新朋友大罗的朋友圈里看到"适当的矫情是我最大的优点"这句话，当即深得我心，立刻回复："这个优点好。"后来我知道了，这句话的出处其实来自一个名叫禾木的做彩妆品牌的姑娘，好事的大罗拉了一回"皮条"，从此我和禾木成了朋友。

一般情况下，大家都会将文艺与矫情混在一起，凡文艺的，便是矫情，似乎都会让人有点不好意思。我比较厚脸皮，管它呢，文艺就文艺，矫情就矫情，只要自己喜欢。

◂◂ 我们肯定曾经遇见过

其实，不光在行走路上，如果能够让寻常日子也适当地矫情起来，才不辜负这漫长又短暂的人生。

周日的下午，当然要喝茶。平时喝红茶比较多，中医说我的寒性体质最好只喝红茶或熟的普洱。那就喝一点伊朗的红茶，配上来自土耳其的茶壶茶杯。

翻出一盒子 Earl Grey Tea（格雷伯爵茶），产地是伊朗，打开才发现里面是真正的茶叶，而非以前在欧洲喝的茶袋。试图看懂盒子上是否说明是煮还是泡，却没看明白，于是直接将其倒进刚刚洗净又用开水烫过的银质手工茶壶。茶壶一大一小，来自伊斯坦布尔大巴扎，是我在行前就决定一定要带回来的给自己的礼物。

既然这个架势摆出来，自然就得做足全套流程。于是，又洗了在伊朗伊斯法罕大巴扎买的手绘鱼儿的瓷杯，虽然工艺粗糙，却另有一种拙美。另一个郁金香杯子，来自土耳其塞尔丘克的以弗所商店，透明的玻璃上绘着好看的土耳其眼睛。

还必得配上在伊朗买的大银盘，这也是我行前必买清单上的一项。还记得那天在伊斯法罕大巴扎，几乎第一时间就买下了这个，然后一路高兴地当宝贝一样地捧着，再怎么逛，心里已经完全没有再买其他东西的念头。

在伊朗和土耳其的那十几天，我们几乎天天喝茶，尤其在伊朗，每上红茶必配各种糖。在巴扎里便有各种冰糖一盒盒当作手信在卖。之前晓岚就告诉我，这个是伊朗人用甜菜提炼的，无比清甜。事实上，在那里喝的红茶，如果不配上点糖，简直有点难以入口。临回家前在德黑兰机场，又狂买各种伊朗产红茶。

而在伊斯坦布尔，临走前一天逛到埃及香料市场时，忍不住买了两斤散装的红茶。

乱扯 ▶▶

周末，全套武装地喝一回下午茶，配两块美味别致的牛轧饼干，让3月的春天多了些许矫情的滋味。矫情是当然的，我们甚至还特意地一边搅着黄冰糖，一边研究着，一杯茶到底要搅多久才能获得我们喜欢的甜度。

旅行路上，我是真的真的完全不怕矫情。比如去西班牙，一定要带一条花裙子，计划着要在产生弗拉门戈的塞维利亚穿；比如去法国的时候，一定要去寻找一下凡·高，一定要在生日那天，在凡·高画过的咖啡馆喝一杯茶；比如去南极的时候，在雪地上写下好朋友的名字，带去心瓶把南极冰带回来，把"德基金"的旗帜带去并请所有同事都在上头写下自己的心愿，就当作把他们也带去了南极。

适当的矫情，只要是适当的，无论旅行还是日常的每一天，我们都可以有一点，它可以让漫长琐碎的日子过得比较有生趣。

比如，我们不要错过春天的花事，要去山里，要去公园，哪怕是在邻居家的花园边欣喜地伫立几分钟。

现在已经来到这个周末的尾声，我们还有一点时间，尽管去矫情吧。如果来不及，我们还有下一个周末。不然，还有长长的一辈子呢。

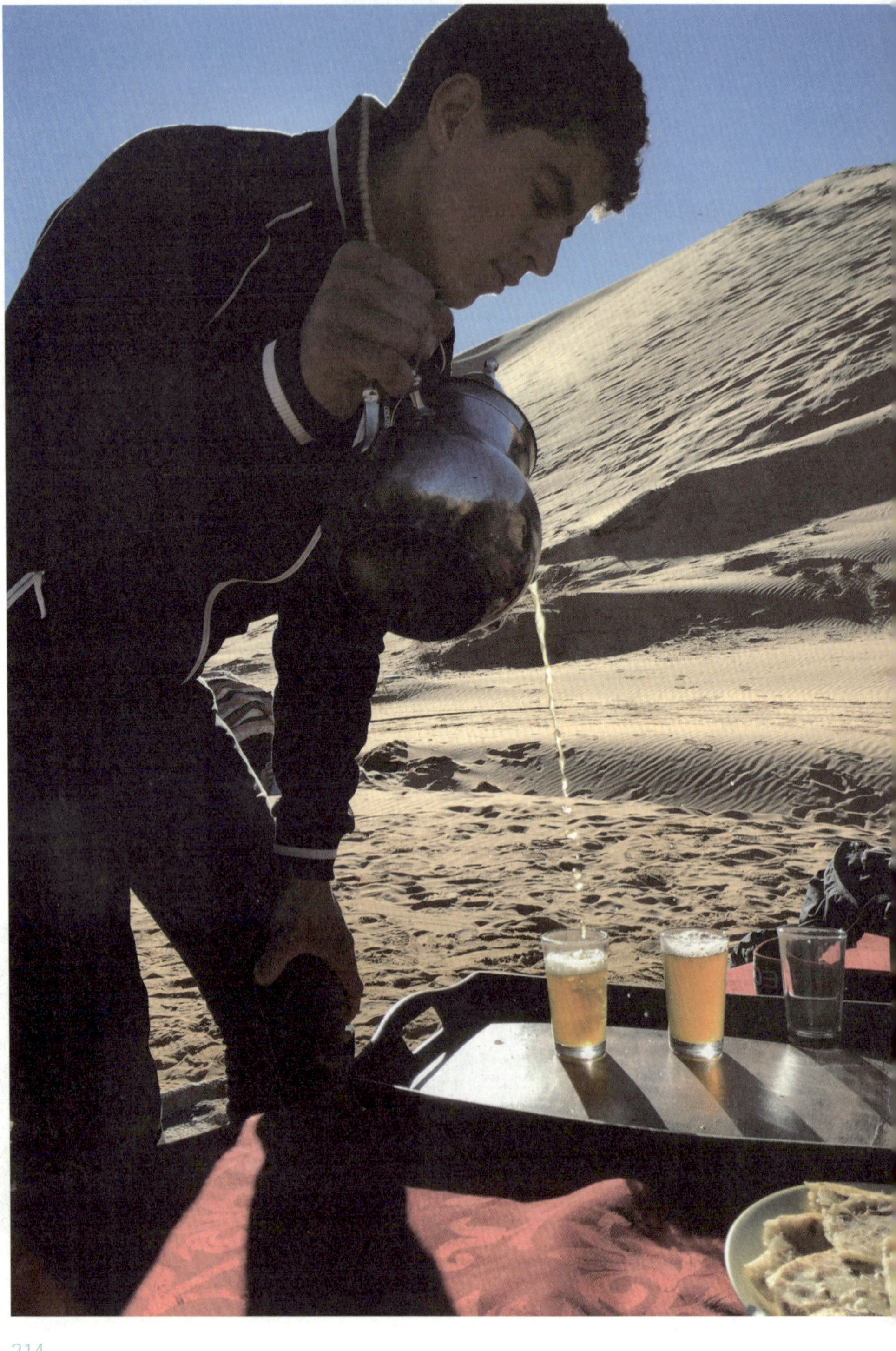

乱扯 ▶▶

在路上遇见奢华

前些天在慧子的朋友圈里看到她的一张照片，背景是冰山，她的手里是一杯香槟。慧子配的文字是"奢华"。我问："这是在北极点吗？"她回："南极呢。"

这个和我一起去帕劳的美女，因为在南极被老林聚到一处吃饭，才发现原来我们住得那么近，走路只需要六分钟。她去过南极之后，竟然去了昂贵的北极点，而这张照片和慧子想表达的意思，我想我是明白的：奢华的并不是昂贵的旅费，而是能够在梦境一样的冰山前，喝一杯香槟，享受心底翻涌的美好与感动。

南极巡游的冲锋艇上的香槟派对，工作人员将香槟与酒杯送到我们面前。我们在南极最纯净的冰川前碰杯，表面上嬉笑着说这香槟不错，事实上我的心底真真有无限感动。所以当慧子在形容她的那杯香槟时，虽然用了奢华一词，我却极其明白这奢华的真正意义。

这些天偶尔会想，到底有哪些旅行路上的时刻可以定义为奢华。是布拉格街头穿行时遭遇的金色落日？是布达佩斯渔夫堡欣赏着多瑙河景喝的一杯茶？是伊斯坦布尔连着三晚都去看的旋转舞？是俄罗斯辽阔无

◀◀ 我们肯定曾经遇见过

人的苔原行走时遇见的四道彩虹？或者是在广东大埔西岩茶山上电闪雷鸣间突然看到的星空？

奢华其实就是旅行路上唯独我们才有的那些遇见，而这些遇见，又被我们敏感而美好地感受到并深烙于心。

而我最能确定的奢华的时刻，是在摩洛哥的撒哈拉沙漠的阳光早餐。

前一天午后，我们骑着骆驼进了沙漠，轮流与落日、晚霞、星空与无边的暗夜相遇，又在沙漠的帐篷里无梦沉睡。第二天一早又爬上沙丘去看日出，虽然晚了点，还是赶上了日出的尾声。我们把在马拉喀什买的玻璃瓶装好沙子，在沙漠上写下自己和闺密的名字，各种文艺矫情完毕之后才慢慢回到营地。而此刻，我们的早餐已经准备好了。

这绝对是一次意想不到的阳光早餐。虽然之前有南极香槟、大理青庐洱海边的阳光午餐，但这是在撒哈拉沙漠啊，而且完全没有征兆地，一张铺着艳丽桌布的大餐桌上摆放着最寻常的摩洛哥早餐，仍然是大饼、面包、果汁、坚果、果酱、奶酪，可是那一刻我感动得几乎要流泪了。尤其是摩洛哥小哥又捧来水果，再送来摩洛哥薄荷茶，他在我的身边，一丝不苟地为我们倒茶……在撒哈拉清晨明丽的阳光下，我的眼泪来得有点莫名。

从来没有预想过会有一次这样的早餐。营地只有我们三个客人，摩洛哥人却无比认真细致地为我们服务，透着优雅的气息。非常普通简单的餐食，可是那漂亮的桌布与银质茶壶以及撒哈拉沙漠的背景，真真切切地令我感觉到某种非昂贵的、接地气的、专属我们的、又被我们完全接收到并且深切感动的奢华。

这是在撒哈拉沙漠啊，天地与阳光似乎都在作为我们早餐的背景。

想起曾经在阿根廷潘帕斯草原一个4500亩的农庄晚餐，也是只有四个同伴，当然那也是奢华的，只是这一天却在广袤无垠的撒哈拉沙漠，

乱扯 ▶▶

是一次毫无预设的奢华时刻。

无论在欧洲的古堡、肯尼亚的帐篷酒店，还是在纯粹自然里的静享，甚至是在徒步路上遭遇的美丽云彩或星空，都会是一种奢华。虽然它们仍然只是生命的片断，却能让我们一直记得。

我不知道12月的不丹会遇到什么，在发出约伴之后的这些天，我遇到了好多相似的朋友，我觉得我们都是可以用心去体会那些所谓奢华时刻的同伴。在喜马拉雅雪山前静静地坐一会儿，呼吸纯净与美好，看云影飘来又过去，不说话，这应该也是奢华了。

◀◀ 我们肯定曾经遇见过

乱扯 ▶▶

收集《小王子》

我们去旅行，当然是要带回些什么。以前是狂买丝巾、耳环、杯具、笔记本，后来渐渐有些疲倦了。这般继续买下去，难道不需要再买个大房子吗？

这份疲倦还是需要些更新鲜的事物来冲淡，那么以后的旅行带点什么回来好呢？

直到三年前的夏天，我终于决定，每去一个国家，就带回一本当地语言版本的《小王子》。

说起来，这其实是我同事安安的梦想。有次我们公司组织读书会，那期的主题书就是《小王子》，是安安提议的，自然也是由她主持。只听她说，她的一个梦想就是希望攒齐世界上不同国家的100个版本的《小王子》。这是80后女生的一个单纯美妙又文艺至死的梦想，她可没去想，这个世界上到底有没有100个国家出版过《小王子》，她只是这么简单地幻想着，憧憬着未来有一天能够亲手把它们带回来。而我，当下就被这个梦想感动了，说："我来帮你。"

于是，她的第一本《小王子》，是我拜托了我的台湾邻居李大姐，

◂◂ 我们肯定曾经遇见过

从台北诚品书店带回来的。当我把这本书交到安安手里之前,在扉页上写了几个字:梦想是比天还大的东西。安安非常感动,我也为台湾大姐对这个看起来有点奇怪的梦想的理解而感动。

梦想确实要比天还要大呢。在梦想的支撑下,我们可以去走更远的路,看更多的风景,而《小王子》不过是梦想的一个载体。安安爱《小王子》,也期盼着去看世界;我为她这个动人的梦想感动着,一门心思想要去帮她。后来我去文莱,四处去寻《小王子》,却是未果,心下竟是有些怅然。

她的第二本《小王子》,是我拜托我的南极鹅友陈洁带回来的。彼时她将要结束在英国的半年学习(鹅友群里流传着她的公司派她去英国学习画画和骑马的传说),于是请她帮忙带回一本英国版的《小王子》。她以为是我自己要,又送了我一本《小王子》的纪念笔记本。我收到书和笔记本,抚摸着封面上蓝色星球上的小王子,感动持续地在心里汹涌着。我想,为什么这个不能是我的梦想呢?

安安的第三本,是 2013 年秋天我在法国巴黎花神咖啡馆旁边的书店买的法文版。当时买了两本,她一本,我一本。我把法文版送给她的时候,说:"还剩下 97 本,要靠你自己慢慢去实现了哦。"而我当然很明确地知道,我的《小王子》也一定会越来越多。

是的,这是一本童话。当我在首尔的梨花女子大学的书店问"The litter prince"的时候,书店大姐说有,我忍不住叫起来:"Great!"接着她认真地告诉我:"这本书是给小朋友的。"我笑起来,说:"没关系,我喜欢。"

很多人都以为《小王子》是一本给小朋友看的童话,可是他们更应该知道,《小王子》更适合所有的大人看。

小王子说:"当我讲起一个新朋友,大人们从不关心实质问题,比如他的爱好,喜欢什么游戏……大人们总是关心别人的收入、体重、房子的价格。"

而在小王子生活的 B612 星球,他每天可以看 43 次日落,只需要搬动一下椅子,就可以再看一次美丽日落。

狐狸告诉他,世间那么多玫瑰于他是没有意义的,因为他没有驯服她们,只有他的星球上那一朵柔弱的矫情的坏脾气的玫瑰,才是他独一无二的玫瑰。

第一次读到这一段,我流泪了。我们每个人当然都梦想过要成为某一个人独一无二的玫瑰,而狐狸说"如果你说下午四点钟来看我,那么我从三点钟就会开始期待"。的确也是这样啊,所以,我们一定要有约定,我们一定会提前开始期待,那是忐忑的,也更是甜蜜欢愉的。

把《小王子》推荐给我的,是我的老友陆佳。彼时她是海南电台的主持人,更是一个大家眼中不可救药的文艺女青年。她坚持要找最好的爱情,在别人眼里,她真是浪费了许多年啊。不过,她终于还是碰到了她想要的爱情。我永远记得,当年她将一本《小王子》使劲塞给我,说:"你看啊一定要看啊,我每次看都要掉眼泪。"

《小王子》就这样和我相遇。后来我买过很多本,有的丢失了,有的借给了别人再没有还回来。而当安安说出她的那个梦想时,当年的情景与眼泪哗的一下全部来到眼前。我想,在行走的路上带回一本《小王子》是一件多么有意义的事情啊。

那些法文的韩文的西班牙文的尼泊尔文的印度文的俄文的《小王子》,看不懂的我当然看都不看,只是将它们带回家,仔细地放在书柜的一角,就像安放一个年轻时的梦。而这个梦,现在也不曾改变。

我的另外一个名字"茶玫",当然也是因为小王子和玫瑰啊。

此后的旅行,就必须去当地的书店了。2014 年春节,在伊朗德黑兰和土耳其伊斯坦布尔竟然都买到了《小王子》,同年夏天 8 月在加德满都的一家书店同时买到了尼泊尔文和印度文的版本。还是像在伊朗那样，我又忍不住给安安也买了一本，虽然我已经"狠心"告诉她以后不再管她了（现在她居然有五本了呢）。后来，在莫斯科特维大街的书店寻到《小王子》，书店那个美丽的姑娘也问我为什么会要这本书。我也只是简单地说因为喜欢。

这样一本薄薄的书啊，我无法告诉她这本书隐藏着那样多的往事与旧情，并且至今仍然那样动人。

朋友们都懂得我如此做的意义，所以争相帮忙完成这个梦想。海飞帮我带回巴西版，小麦带回西班牙版和肯尼亚版，清清带回意大利版，遥远带回了台湾版和冰岛版。Lisa前年去不丹，因为死活找不到不丹版，便不管不顾地买了一本尼泊尔版。而老友小群被我蛊惑得也去了南极，她慎重地拜托导游，买到了一本阿根廷的限量版。同一年冬天，我的南极鹅友黄艳再次出游南极，她把我的那本《让我在路上遇见你》带去和企鹅合影，同时又带回来一本阿根廷版《小王子》……

我理直气壮地跟朋友们撒娇，拜托她们帮忙带回《小王子》，甚至可以不要以前大家都会想着送给我的耳环。

如果你也去远方，请你帮我带回一本《小王子》，不管它是不是你曾经的梦，但是，它是我的，也是更多人的。

两个月前突然决定2015年的春节假期一定要去摩洛哥，便买好了机票。我这才去百度搜索摩洛哥到底有什么。那里有撒哈拉沙漠，有蓝白小镇，有四大古城，当年三毛与荷西在撒哈拉的家竟然也在摩洛哥，写下《小王子》的法国人圣埃克苏佩里竟然曾在三毛家的阿尤恩镇附近的小镇做过邮局局长，至今那里还有小王子纪念馆……

世界就是这么奇妙，我决定要去摩洛哥的时候，只想到北非和卡萨布兰卡，完全忘记了三毛和撒哈拉，那是另外一个梦呢，而小王子，更

各种版本的《小王子》 ▲▲

223

◂◂ 我们肯定曾经遇见过

是意外的意外。

是的,我要去三毛的阿尤恩小镇,还要去小王子的故乡塔法亚小镇,要像小王子那样,在海滩边看一次日落。

我不知道,是不是也会像第一次遇到《小王子》那样掉泪。管它呢?我只知道,我的梦想又多了一个。

小王子是这样说的:"如果你爱上了某个星球的一朵花,那么,只要在夜晚仰望星空,就会觉得漫天的繁星,就像一朵朵盛开的花。"

乱扯 ▶▶

一本书与一个人的爱

有时候会被人问喜欢的书，或对你影响很大的书是什么。我都会很认真地答："除了《红楼梦》或张爱玲、王安忆这类，我最喜欢的一本书，就是很多年前我的偶像翟永明的一本游记《纽约，纽约以西》。"

单看这书名，就可以轻易辨识出作者的诗人身份。封面的照片是翟永明在去往纽约以西的自驾路上与一辆挂着动物头骨的大轱辘木车的合影，背景是美国西部苍黄的峡谷。这是一本出版于 2003 年 5 月的我的偶像的书。

我当然记得那个川南山区的高中生，她和她的同桌一到放学后就会跑去学校的阅览室，去找《诗歌报》《星星诗刊》来看，那些诗句都直抵她的内心。翟永明是其中最深刻的一个名字，后来看到了她的照片，就更加爱她了，因为，她是那么美丽。

再后来，我的诗也曾经出现在《诗歌报》《星星诗刊》上，再再后来就不写诗了。我说，要从此脚踏实地地成长。12 年前看到这本偶像的游记，我立刻就买了下来，并且一再地翻阅，一再地为纽约以西的景致与偶像美丽的身影所沉醉。我甚至还想过，以后也要写一本这样的书，

◂◂ 我们肯定曾经遇见过

要有自己的照片,进行一次完全私人化的写作。

所以直到现在,我都坚持旅行是一件极私人的事情的想法,并且也毫不在意地放出自己行走在路上的照片。这就是我想要的、我喜欢的、我愿意的一种旅行。

当然我还记得,有一次回成都,特意和妹妹去找"白夜"酒吧的玉林老店。彼时是个下午,酒吧没有其他客人。我问服务生老板在不在,那个小伙子这样回答:"她不在,我知道你说的是哪个,但是她不在,

另一个在。"

　　这样的对话我们彼此都心照不宣，我也看到了"另一个"的身影，却完全没有想要去打个招呼。其实就算偶像真的在，我想我也不会真的去打招呼吧。从17岁就开始喜欢的女人，经由她的诗再到《纽约，纽约以西》，再到后来她的很多传说，我实在没必要也不愿意让偶像来到我的真实生活中。

　　现在再翻这本书，如今正流行的自驾66号公路（以及各种号）、黄石、墨西哥、阿拉斯加、北极圈，统统都是翟永明和何多苓在24年前就走过的地方。那时候她们那么年轻俊美，穿着露脐或露背的漂亮衣裙，在纽约以西的天空下真是美到极致。还有她那条美丽的印第安项链，我看着照片，觉得也应该是适合我的。

　　喜欢一个人，爱一个人，也许就是可以这样的。我当然有很多机会可以和翟永明正式认识，可我就是不想。几年前的一个5月，她和诗人沈浩波在广州方所有一场诗歌活动。我也去了，只在台下默默地看了一阵。她有些老了，可还是美丽的，或许她的美丽会永在。

　　几年前我跟洁尘、阿潘提起这本书，洁尘叫起来："那本书是我和小竹做的责任编辑嘛！"那一刻我觉得这个世界就是这么奇妙，有一些

◀◀ 我们肯定曾经遇见过

遇见，注定会发生。就算是这样，我仍然没有主动说，让我和偶像相认吧。

前些天，鱼泡泡同学要我为她们的美女群做一次旅行分享，开始我以为是一次品牌活动，结果只是一群热爱同一个衣服品牌的女生自发搞的一次聚会。当下我就被感动了，心想，一定要好好看看这到底是一帮什么样的美女，而那个牌子的衣服到底是什么样的。

身边的朋友都知道我是很多年的"裂帛控"，这个"控"和她们应该是类似的。那天在现场看到二十几个穿着同样牌子裙子的美女，带来了她们的新衣，互相换装、嬉笑、拍照，并且拉着我也换上一条极美的大红袍子，让我又一次想起了《纽约，纽约以西》这本书，和对一个人的爱。

爱一个人或一样东西，一定是可以这样的。爱就爱了，有时候默默装在心底，有时候大方地说出来，有时候和同好分享，有时候去拉更多人"下水"。

无论怎样，都是爱。那就继续这样吧。

乱扯 ▶▶

你曾经被怎样地赞美

记得第一次被别人狠狠地赞美，是在西藏。已经忘记具体是在哪里，只记得某次我看到天上有黑色大鸟飞过，就指着大叫："鹰。"旁边的藏族男子回头看我，笑说："那是乌鸦，不是鹰，鹰不会飞那么低。"然后，我好像又跟人家请教藏语，他说："拉姆就是仙女的意思。"

他看着我微笑，平静地说："你就是拉姆。"

对于一个自小在传统教育下长大的女生，那一刻，我幸福得快要晕倒了。

在旅行路上，我们会在千万个没想到的时刻，突然遭遇到我们从未得到过的赞美。平时，在办公室、社交场合、菜市场，谁没有被叫过"美女"，可是谁又曾真的当过真？基本上很多女生都有被大婶大伯唤作"靓女"后心下窃喜的经历。

后来，"美女""靓女"之类的称呼日盛，就没有人当真了。遇到认识的不认识的，统称"亲爱的"或"宝贝儿"，保证不会错。

想起10年前，曾经被一个认识不久的人随口称作"宝贝儿"，心下忿然，便义正词严地喝问："谁是你的宝贝儿？"当然，现在听什么

足迹 ▲▲

都是耳旁风，反正也不会有人叫我们是"心肝尖尖"。

可是在旅行中就不一样了啊！当那些无论年轻热情还是中年儒雅的面孔，带着天生深情的微笑，深眼窝里好似有万般的柔情，当他们对你说"你真美"，那一刻，你会无端地以为他们说的都是真心话，因为，我们和他们的美女是不一样的。

比如，在伊朗的集市里，看到卖黄冰糖的店铺，想起晓岚姑娘说过，这是用甜菜做的，特别清甜，于是扑过去看。对方说："是的，就是糖，甜的。"最后还不忘凝视着你，轻声地说一句："Like you."如此赞美，你能不多买点带回遥远的中国吗？

那天红粉群小聚说艳遇，我们都转聊八卦了，加加美女突然叫起来："哎呀，艳遇我在尼泊尔也碰到了啊。"于是她喋喋不休地说起来那家卖披肩的店铺，那个很帅的尼泊尔帅哥一直在赞美她啊，说她如何美，如何喜欢她。于是她立刻矜持起来，自认为很厉害地讲了一个很便宜的价格。可是心里还惦记着人家，于是第二天又把团友带去采购。她回忆道："当着那么多人的面，他还是在说你好美啊，好喜欢你啊，搞得我好不好意思。"对于加加的迟钝反应，我们集体没有买账，只顾着考问她："你是理科生吗？你怎么混进来的？"

加加吓坏了，赶紧坦白从宽："我就是理科生啊，我是学汽车机械的。"

理性的理科女生尚且对久远以前的赞美与媚眼没有忘怀，何况天生就多情又矫情的文艺女青年呢？

不知道大家曾经遇到过怎样的赞美，只是如果来自小贩们，那就千万别当真。一旦你当了真，以为在人家的眼里是美丽的，是被爱慕的，脸红心跳之余，求你千万不要因此落入失去理智狂购的陷阱。

而当赞美来自街头，迎面走过的人，或许我们是可以沾沾自喜一下，大方地道一声谢。虽然我们都知道，老外们把赞美当作了人生的日常功

我们肯定曾经遇见过

课，但也是一项必不可少的美德。不过，很多真正的美女真的是一路都遭遇赞美啊。Tina 说过，她一个人在巴黎闲逛的那些天，无论泡吧还是吃饭，从来都没有掏过钱包，因为总是有人来搭讪兼埋单。我们羡慕得不得了，只好纷纷低头承认：美色是旅行的通行证。

无论如何，在行走路上获得陌生的赞美，真是值得留存很久的美好回忆。好久之前，我的朋友琳琳一个人在上海的地铁站，因为情伤而恍惚着，突然有个小男生送了她一枝玫瑰，然后很害羞地跑掉了。后来听她讲起来，眉眼竟是飞舞着的。

这么一想我就有点沮丧了，白跑了那么远的路（花了多少钱先忽略不计），说到底，也就只得了小贩们的赞美，连半朵玫瑰花瓣都没见着。

遇见 ▼▼